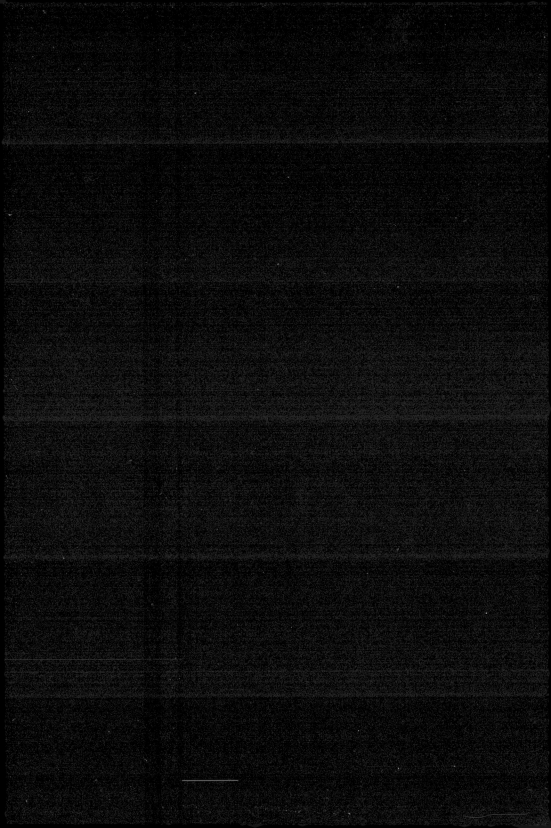

La muñeca
de Kokoschka

Narrativa
contemporánea

Cruz, Afonso, 1971-
   La muñeca de Kokoschka / Afonso Cruz ; traducción Teresa Matarranz. -- Bogotá : Panamericana Editorial, 2017.
   244 páginas ; 23 cm.
   Título original : A boneca de Kokoschka.
   ISBN 978-958-30-5647-5
   1. Novela portuguesa 2. Guerra mundial II, 1939-1945 3. Niños - Alemania - Historia - Novela 4. Huida - Novela I. Matarranz, Teresa, traductora II. Tít.
   869.3 cd 21 ed.
   A1586936

   CEP-Banco de la República-Biblioteca Luis Ángel Arango

Primera edición en Panamericana Editorial Ltda., enero de 2018
Título original: *A Boneca de Kokoschka*
© 2015 Afonso Cruz
Bajo acuerdo con BookOffice
(http://bookoffice.booktailors.com/)
© 2015 Quetzal Editores, Portugal
© 2015 Rayo Verde Editorial, España
© 2017 Panamericana Editorial Ltda.
de la versión en español.
Calle 12 No. 34-30. Tel.: (57 1) 3649000
Fax: (57 1) 2373845
www.panamericanaeditorial.com
Tienda virtual: www.panamericana.com.co
Bogotá D. C., Colombia

Editor
Panamericana Editorial Ltda.
Edición
Luisa Noguera A.
Traducción del portugués
Teresa Matarranz
Ilustración carátula
Afonso Cruz
Diagramación
Martha Cadena, Jeysson López

ISBN 978-958-30-5647-5

Prohibida su reproducción total o parcial por cualquier medio sin permiso del Editor.

Impreso por Panamericana Formas e Impresos S. A.
Calle 65 No. 95-28, Tels.: (57 1) 4302110 - 4300535. Fax: (57 1) 2763008
Bogotá D. C., Colombia
Quien solo actúa como impresor.

Impreso en Colombia - *Printed in Colombia*

La muñeca
de Kokoschka

Afonso Cruz

Traducción TERESA MATARRANZ

Colombia • México • Perú

Lo cierto es que la muñeca fue construida y, según creo, se convirtió en una desilusión. Kokoschka acabó matándola. Pero me estoy adelantando. Durante un tiempo la hizo vivir. Una persona no existe solo por tener un cuerpo. Necesita tener vida social. Necesita la palabra, el alma. Necesitamos testigos, necesitamos a los otros. Por eso, Kokoschka mandó que la criada hiciera circular rumores sobre la muñeca. Historias como si existiera, como si tuviera una existencia semejante a la nuestra.

Existen enfermedades infames, capaces de convertir nuestro cuerpo en una jaula para el alma. El párkinson plus es una de las formas más perversas en que el universo muestra su crueldad medieval. O como dijo Lao Tsé, «El universo nos trata como a perros de paja».

Este libro lo dedico a mi madre.

Primera parte

La voz que viene de la tierra

A LOS CUARENTA Y DOS AÑOS, más concretamente, dos días después de su cumpleaños, Bonifaz Vogel empezó a oír una voz. Al principio pensó que eran los ratones. Después, pensó en llamar a alguien para acabar con los comejenes. Algo se lo impidió. Quizá fue el modo en el que la voz se lo ordenó, con la autoridad de las voces que nos habitan en lo más profundo. Sabía que aquello pasaba dentro de su cabeza, pero tenía la sensación de que las palabras venían del tablado, y pasaban a través de sus pies. Venían de las profundidades y llenaban la tienda de pájaros. Bonifaz Vogel llevaba siempre sandalias, incluso en invierno, y sentía las palabras que se deslizaban por las uñas amarillentas y los dedos encogidos por el esfuerzo de sentir frases enteras que golpeaban contra la planta de los pies, que trepaban por las piernas blancas y huesudas y quedaban retenidas en la cabeza gracias al sombrero. Intentó quitárselo varias veces, durante unos segundos, pero se sentía desnudo.

El cabello de Bonifaz Vogel, muy suave, estaba siempre peinado, muy blanco, sujetado por un sombrero de fieltro (que alternaba con otro sombrero más fresco, para usar en verano).

Pasaba los días sentado en una silla de mimbre que un tío le había traído de Italia.

El *duce* se sentó en ella, le había dicho su tío.

El día que recibió la silla, como regalo de cumpleaños, Bonifaz Vogel se sentó en ella y le gustó, la encontró cómoda, era una buena pieza de mobiliario, con patas fuertes. La cogió, la alzó por encima de la cabeza y la llevó a la tienda de pájaros. Un papagayo cantó a su paso y Vogel le sonrió. Puso la silla junto a los canarios y se sentó bajo los trinos, dejando que le llenaran la cabeza de espacios vacíos. Cuando los pájaros cantaban con más intensidad, Bonifaz Vogel se quedaba quieto por miedo de, en caso de levantarse, romper con la cabeza los trinos más bonitos.

Dejó la cabeza del amigo una eternidad atrás

Isaac Dresner estaba jugando con su mejor amigo, Pearlman, cuando apareció un soldado alemán, entre el tiro de esquina y el arco. El soldado llevaba un arma en la mano y le pegó un tiro en la cabeza a Pearlman. El muchacho cayó con la cara sobre la bota del pie derecho de Isaac Dresner y, durante unos segundos, el soldado lo miró. El hombre estaba nervioso y sudaba. Llevaba un uniforme impecablemente limpio, de un color muy cercano al de la muerte, con insignias negras, doradas, blancas y rojas. El cuello rectilíneo, de un blanco amarillento, mostraba dos arterias azules, perfectamente nazis, que brillaban con el sudor. El color de los ojos no era visible porque el soldado los tenía semicerrados. El pecho sólido se movía arriba y abajo con la respiración agitada. El hombre apuntó el arma a Isaac Dresner y esta, silenciosamente, no disparó. Estaba encasquillada. La cabeza de Pearlman rodó de la bota de Isaac al suelo, en un ángulo imposible, abstracto, haciendo un ruido extraño al golpear el pavimento. Un sonido casi inaudible, de esos ensordecedores.

En los oídos de Isaac Dresner se sucedía lo siguiente:
1. Respiración del soldado.
2. El sonido del máuser al no disparar.
3. El sonido casi inaudible de la cabeza de su mejor amigo, Pearlman, al resbalar de su bota derecha y golpear el suelo.

Isaac echó a correr calle abajo, con sus piernas finas, dejando atrás (una eternidad atrás) la cabeza del amigo. El soldado volvió a apuntar el arma y disparó. No acertó a Isaac, que corría con sus botas encharcadas en sangre y memorias muertas. Tres tiros silbaron justo junto al alma de Isaac Dresner, pero golpearon en las paredes del gueto.

La cabeza de Pearlman, a pesar de haber quedado una enorme eternidad atrás, se ató para siempre al pie derecho de Isaac, a través de la cadena de hierro que une a una persona con otra. Ese era el motivo por el que cojeaba levemente y lo haría durante el resto de su vida. Cincuenta años después, Isaac Dresner aún arrastraría con el pie derecho el peso de esta cabeza lejana.

Isaac siguió corriendo, desviándose del destino que silbaba a su lado

Isaac Dresner siguió corriendo, desviándose del destino que silbaba a su lado. Dobló varias esquinas, dejando atrás al soldado, y entró a la tienda de pájaros de Bonifaz Vogel. Su padre, unos años antes, había construido un sótano en la tienda. Isaac lo había acompañado y había visto crecer aquel espacio oscuro debajo de la tierra. Advirtió entonces que:

La construcción de los edificios no se limita a ladrillos apilados y piedras y tejados, también son espacios vacíos, la nada que crece dentro de las cosas como estómagos.

Jadeante, Isaac abrió la trampilla —sin que se percatara Bonifaz Vogel— y entró como el agua en un colador. Allí permaneció dos días, saliendo solo por la noche para beber agua del bebedero de los pájaros (no había visto el grifo, a pesar de ser evidente) y comer alpiste. Al tercer día no aguantaba más:

—Deme de comer, señor Vogel. Y traiga un orinal.

Bonifaz Vogel, sentado en su silla de mimbre, afinó el oído. Oía voces. Fue en ese momento cuando empezó a oír voces. El sonido le subía por entre las piernas y pantalones y le llegaba a los oídos con el timbre de un niño, como un gato cuando lo llamamos, siseando. Isaac Dresner repitió la petición —la segunda vez era casi una orden— y Vogel se levantó para ir a buscar comida. Isaac le ordenó dejar la bandeja junto al mostrador. Se puso contento cuando, por la noche, vio un plato de gachas de avena y unos caramelos. También había un orinal.

Bonifaz Vogel en medio de la guerra, sentado en una silla de mimbre, era como un cristal en una tienda de elefantes

EL PEQUEÑO —INVISIBLE— JUDÍO pasó a vivir en aquel sótano oscuro, bajo el tablado, y pasó a ser apenas una voz. Bonifaz Vogel vivía con las palabras que él le decía a través del suelo de su tienda de pájaros.

Le decía: señor Vogel, deje caramelos en el suelo, junto al mostrador, debajo del estante del alpiste. Y él así lo hacía. Se agachaba y, con cuidado, depositaba unos caramelos encima del papel de envolver en el lugar indicado y dejaba el orinal debidamente lavado. Rezaba una oración, que era solo un cuchicheo, sin palabras, con aquella intimidad de las oraciones. Después se santiguaba y permanecía unos segundos solemnes mirando los caramelos.

Un día tomó la iniciativa de añadir unos huesos de jibia, de los que les daba a los pájaros, pero a la voz no le gustaron.

El horizonte justo al otro lado de la calle

Bonifaz Vogel se despertaba siempre muy temprano y, con la precisión de una máquina, se vestía, se peinaba y se ponía el sombrero: tenía uno de fieltro y otro de pajilla (para usar en verano). Bonifaz Vogel solía decir que era una paja como la de su silla, la que había servido de apoyo a un dictador. Comía un poco de pan y bebía té. A continuación se dirigía a la tienda, con su cabello suave, completamente blanco como el pecho de una gaviota, con las manos en los bolsillos o agarrando los tirantes grises o marrones. Sacaba el llavero del bolsillo exterior de la chaqueta y abría la puerta de la calle, girando la placa que decía cerrado y convirtiéndola en la placa que decía abierto. Después hacía un saludo medio nazi, incluso cuando la calle estaba desierta, incluso cuando la calle estaba llena. Buscaba, en su enorme llavero, la llave más pequeña, muy oxidada pero funcional, y abría el armario que servía para guardar el trapeador y el blanqueador. Detrás del mostrador llenaba un balde con agua y empezaba a limpiar la tienda: lavaba todas las jaulas, el suelo y las paredes. Lo hacía con devoción, como si fuera él quien estuviera tomando un baño. Limpiaba todas las arrugas de la tienda, las axilas, las ingles y los lugares más escondidos. Paraba algunas veces para descansar y eso implicaba sentarse muy quieto bajo los trinos de los canarios. Sus ojos quedaban suspendidos en el horizonte, que, para él, era justo el otro lado de la calle.

Pájaros disfrazados

—Schwab es un estafador —acusó Isaac—. Lo que le vende, señor Vogel, son gorriones pintados de amarillo. No son canarios.

Bonifaz Vogel encogió los hombros. Su cabeza, le había dicho un profesor de alemán, estaba compuesta de reticencias craneales. Isaac Dresner empezó, a partir del día de los pájaros pintados, a ayudarlo en los negocios.

Vogel, cuando tenía dudas sobre el precio de las isabelitas del Japón, por ejemplo, se dirigía al otro lado del mostrador, se agachaba (el cliente dejaba de verlo) y, con el oído apoyado en el tablado, susurraba como si hablara con alguien. Después se enderezaba, se sacudía el polvo de los pantalones y repetía con su voz lo que la voz le había dicho tan quedo. La gente encontraba normal ese comportamiento, no esperaban otra cosa de Vogel, un hombre lleno de reticencias craneales.

Este decía un precio y el cliente otro; después, si era preciso, se agachaba una vez más, bajaba hasta el tablado, donde la voz se dejaba oír entre las grietas del suelo. Se levantaba de nuevo, se sacudía el polvo de las rodillas, y, con un precio irrefutable, se cerraba el negocio. Mientras el cliente se alejaba, Vogel se apoyaba en la puerta de la tienda, frotándose la oreja, roja de haber estado apoyada en el suelo, visiblemente cansada de oír voces. Después, muy despacio, contaba los billetes que le habían rendido los pájaros. Nunca se había preguntado por qué motivo, en tiempo de guerra, había personas que compraban isabelitas.

Reticencias craneales.

Porque sudaba, hacía calor

ISAAC NO COMPRENDÍA A BONIFAZ VOGEL: un hombre maduro, propietario de una tienda de pájaros y de casi tres sombreros, que parecía un niño, un niño desconfiado. Isaac Dresner le contaba historias del rabino Nachman de Breslov tratando de educarlo, pero Bonifaz Vogel tenía una cabeza compuesta de reticencias craneales. Era un hombre sin futuro y sin pasado. El tiempo pasaba por él como el agua del baño. El pasado y el futuro eran conceptos muy poco lineales, no eran una flecha pasado/futuro como para la mayoría de nosotros. Muchas veces, cuando Bonifaz Vogel sudaba no era a causa del calor, sino porque estaba caliente. Ahí estaba la diferencia. Muchas veces no veía relaciones causales en las cosas, sino simultaneidad. Y a veces veía el tiempo al contrario, como una camisa del revés: decía que hacía calor porque estaba sudando. La causa del calor era su sudor. Su relación con el mundo y con el tiempo la podía vivir de tres maneras: a) *sudaba cuando hacía calor*, sin ninguna relación causal, solo simultaneidad, o b) *sudaba porque hacía calor* (que es, además, el sistema que acostumbramos usar para interpretar los fenómenos que suceden a nuestro alrededor, una explicación causa-efecto) o incluso, c) *porque sudaba, hacía calor* (una manera de ver las cosas que Aristóteles no aprobaría).

O

Bonifaz Vogel respiraba preferentemente por la boca, ese era el motivo por el cual la tenía siempre abierta. Como la letra «o», o mejor, como la letra «o» grande:

O

La gente decía que era estúpido y él asentía moviendo la cabeza y pasando los dedos por la barbilla. Todos a su alrededor tenían razón y él era una isla en medio de aquella racionalidad, un guion entre dos palabras, un eslabón perdido. En el fondo, la evolución de las especies se sustenta en guiones, en eslabones perdidos y encontrados. Bonifaz Vogel era una isla sentada en una silla de mimbre donde se había sentado el *duce*.

El universo es una combinación de letras

La voz que a Bonifaz Vogel le llegaba del suelo, como plantas creciendo, contaba muchas cosas. Isaac Dresner acercaba la boca al techo del sótano y dejaba que las frases más gruesas se apretujaran por las rendijas de la madera del tablado, que se extendieran por la tienda de pájaros y se paralizaran en el cuerpo de Bonifaz Vogel.

—Un mendigo —decían las palabras que se comprimían a través de las rendijas— siempre era atendido en sus plegarias y un rabino, al ver que así era, le preguntó cómo lo hacía. ¿Cómo era posible que todas sus plegarias fueran atendidas? El mendigo le dijo al rabino que no sabía leer ni escribir, por eso recitaba el alfabeto, se limitaba a decir las letras, unas tras otras, y le pedía al Eterno que las organizase de la mejor manera posible.

Bonifaz Vogel se frotaba la oreja después de cada historia sin dar muestras de haber entendido, pero, a partir de aquella anécdota, pasó a rezar solo con letras, sin palabras y sin murmullos. Sus oraciones pasaron a ser el alfabeto. Para mejorar los efectos de la oración, Isaac le había enseñado a decir las veintidós letras hebreas.

—Es mejor hablar a Adonai en su propia lengua —le decía Isaac Dresner—, que es, como todos saben, el hebreo. Se evitan traducciones poco fieles.

Aquellas veintidós letras eran todo cuanto hacía falta, garantizaba Isaac, bajo el tablado. Dios haría el resto.

24

Allá arriba, lo que Él hace es jugar *scrabble*. Las personas le dan unas letras, creen que saben lo que quieren, pero no lo saben, y Dios con esas piezas reorganiza todo y hace palabras nuevas. Todo se reduce a un juego de salón.

Y Dios ni siquiera es un gran jugador, como se puede ver por las bombas que caen ahí fuera.

Luftwaffe

SENTADO EN SU SILLA DE MIMBRE, Bonifaz Vogel lloraba algunas veces. Su familia nunca había sido muy grande, pero ahora había desaparecido. Helmer, que era su tío, Lutz, que era su padre, Karl, que era su primo, Anne, que era su madre, estaban todos muertos por las bombas y ahora era él quien tenía que encargarse de la tienda de pájaros.

Anne Vogel era una mujer completamente madre, muy protectora. Bonifaz permanecía muchas horas inmóvil, sentado con la espalda recta, con la boca abierta y con las manos apoyadas en las rodillas, viendo cómo la madre cuidaba de la casa. Anne Vogel llevaba siempre el cabello recogido y tenía un aspecto muy dulce, como si las guerras no existieran. Lutz Vogel, el padre de Bonifaz, tenía el aspecto opuesto: labios y ojos crueles y orejas pequeñas, caninas por el modo en el que le salían de la cabeza, sin lóbulo. A Bonifaz le gustaba aquella cara marcial que coronaba un cuerpo barrigón, un cuerpo al que le gustaba la cerveza de trigo y dar puntapiés a los familiares más cercanos.

Lutz Vogel explotó —mientras fumaba un puro en el sofá de la sala (el día 7 de octubre de 1944)—, junto con su mujer y su hermano. Habían caído, ese día, cerca de setenta toneladas de bombas. Bonifaz no murió en esa fecha porque no estaba en casa, igual que su primo Karl, que tampoco sucumbió bajo el peso de aquellas bombas: Karl había muerto un año antes, en la batalla de Stalingrado.

El tío de Bonifaz, Helmer Vogel, era un hombre corpulento, mayor que el hermano, más barrigón y con facciones más crueles. Pero se comportaba de un modo completamente diferente, muy sentimental, muy delicado, llegando incluso a apreciar al sobrino y a mostrarle el afecto que sentía por él. Sucedía, con frecuencia, que Helmer Vogel le quitaba el sombrero a Bonifaz y le pasaba la mano por la cabeza. Un día, llegó a regalarle una silla.

Helmer (1903-1944)
Anne (1874-1944)
Lutz (1867-1944)
Karl (1908-1943)

Su rechoncho gato, que se llamaba Luftwaffe, tampoco sobrevivió a las explosiones,
Luftwaffe (1935-1944)
lo que fue una gran pérdida para Vogel. Dormía siempre con él y tenían una relación de igual a igual. A veces le hacía caricias tan profundas que el gato gemía de dolor. Bonifaz sentía ganas de estrujarlo y no había llegado a ser fatal porque intervenía Anne Vogel.

Tenía momentos de gran emoción, de conmoción, que afectaban a las personas que lo rodeaban o a los gatos o a los amigos o a las visitas. Agarraba a Luftwaffe con las manos silenciosas y lo abrazaba con todo su cuerpo alemán. El gato intentaba huir, enseñando uñas y dientes, hasta que la madre de Vogel lo salvaba de todo aquel afecto. Anne Vogel le decía que tuviera más cuidado: los afectos hacen mucho daño. Los otros mueren, pero quienes sufrimos somos nosotros.

Cuando el edificio en el que vivía la familia explotó, Bonifaz se mudó al piso de encima de la tienda de pájaros. Un apartamento pequeño, perfectamente funcional, que servía de despacho. La madre de Bonifaz tenía toda la razón.

Bonifaz Vogel vivía rodeado de metáforas

EN UNA TIENDA DE PÁJAROS es donde se concentran más jaulas. No hay ningún lugar en el mundo construido con tantas restricciones como una tienda de pájaros. Hay jaulas por todas partes. Algunas están dentro de los pájaros y no fuera, como la gente se imagina. Porque Bonifaz Vogel, muchas veces, había abierto las puertas de las jaulas sin que los canarios huyeran. Los pájaros se quedaban encogidos en un rincón, evitaban mirar la puerta abierta, desviaban los ojos de la libertad, que es una de las puertas más sobrecogedoras. Solo se sentían libres dentro de una prisión. La jaula estaba dentro de ellos. La otra, la de metal o madera, era solo una metáfora. Bonifaz Vogel vivía rodeado de metáforas.

Vogel se quedaba mirando aquellas aves y pensaba en la familia que había explotado junto con las alfombras persas de la sala y el reloj de cuco. ¿Dónde estarían ahora? Isaac Dresner, bajo el suelo de madera de su sótano, le hablaba de Dios y Bonifaz Vogel no comprendía por qué motivo querría Dios a su lado a su primo Karl. Isaac Dresner tampoco sabía explicar el reloj de cuco. Si unos van no se sabe dónde, ¿adónde van los relojes suizos?

Las lágrimas le caían por las caras que hacía en la silla de mimbre y la voz le subía por las piernas contándole la historia del mendigo que rezaba el alfabeto.

Bonifaz Vogel rezaba así:

Alef, bet, guímel, dalet, he, waw, zain, jet, het, yod, kaf, lamed, mem, nun, samekh, ayin, pe, tsadi, gof, resh, shin, tav. Amén.

Balanceaba el cuerpo de atrás hacia delante y solo se detenía cuando un cliente le tocaba el hombro y le preguntaba el precio de las cacatúas. Bonifaz Vogel, incluso así, recitaba el alfabeto hasta el final, no fuera a sentir Dios la falta de ciertas letras. A continuación decía el precio de las cacatúas. El cliente regateaba y él se agachaba, apoyaba el oído en el suelo de madera, detrás del mostrador, y escuchaba la voz. Parecía que Vogel se postraba, de forma distorsionada, y se levantaba al momento con una contraoferta, mientras se sacudía el polvo de las rodillas. Incluso en medio de las bombas había quien quería cacatúas.

Bonifaz Vogel vivía en medio de metáforas.

La puerta del paraíso es la boca de un frasco

VOGEL DEJABA, TODOS LOS DÍAS, comida detrás del mostrador, siguiendo las órdenes de la voz. Dejaba una olla de sopa de verduras —a veces ortigas y borraja—, arroz, pan, fruta y caramelos. Isaac Dresner, cuando la tienda estaba oscura y cerrada, salía de su escondite para comer. Siempre había caramelos porque las bombas no habían alcanzado el frasco donde la madre de Vogel los guardaba. El frasco había quedado ileso sobre el muro bajo de la cocina donde había también un pequeño acuario. El pez rojo no había sobrevivido a la guerra, pero el frasco gordo, con tapa blanca, muy pesado, tuvo más suerte.

—La puerta del paraíso es la boca de un frasco —dijo Isaac—. Era lo que mi padre me decía. ¿Sabe por qué, señor Vogel? Por el mono. Imagine un frasco de nueces. El mono no tiene dificultad para meter la mano, pero cuando coge las nueces no consigue sacarla. Tiene que dejar las nueces para ser libre. El paraíso es así, tenemos que tirar las nueces y mostrar nuestras manos vacías.

—Hay que evitar las nueces —decía Bonifaz Vogel.

—Eso mismo. Las nueces no nos dejan ser libres. Son nuestras jaulas, señor Vogel.

En resumen, el libro del Éxodo

INFLUENCIADO POR LO OSCURO, Isaac Dresner recitaba la Torá (porque era la única luz que tenía, decía), recitaba cuanto podía, ejercitaba la memoria, decía las palabras de la Torá exactamente como habían sido escritas, sin alterar una coma. En este caso, el Éxodo:

—El faraón oprimía a los hebreos y los metía en campos de trabajo obligándolos a construir ciudades llamadas Pitón y Ramsés. Eran grandes ciudades invisibles que formaban parte del sueño del faraón. En ese sueño se vio amenazado y mandó lanzar al río a los hebreos recién nacidos, porque temía por el trono. El enemigo del faraón fue creado en un sueño. Si el faraón no hubiera soñado con Moisés, este no habría sido abandonado en las aguas del río y no se habría convertido en Moisés. ¿Ha oído hablar de Edipo, señor Vogel? También creaba el futuro a través de sus sueños confusos. Otra cosa que el faraón no sabía, pero que todos deberíamos saber, es que nuestros enemigos no son los hebreos recién nacidos ni otras personas, ni están fuera de nosotros. La prueba es que cuando Moisés fue abandonado a las aguas, la hija del faraón fue quien lo recogió y lo crio y lo adoptó como hijo. El enemigo vive dentro de nuestra casa y lo que más tememos, lo que más nos amenaza, es precisamente lo que está más cerca de nosotros (dentro de nosotros, dentro de esta casa que es nuestro cuerpo) y a quien criamos, alimentamos, educamos, contamos historias y damos de beber y de comer. Se lo hacemos a nuestros vicios, señor Vogel, a nuestros vicios. ¿Me sigue? De nada sirve buscar el mal fuera de nosotros. Hemos de mirar aquí dentro y eso es muy fácil de hacer: si para ver lo que está afuera, abrimos los ojos, para ver lo que está dentro, los cerramos con fuerza.

—No los cerramos para dormir, sino para ver —dijo Bonifaz Vogel.

—Eso es, señor Vogel. Para ver. Más adelante: Moisés, un día, mató a un egipcio cuando, eso creía él, nadie lo veía. Pero el Eterno siempre está viendo, tiene los ojos cerrados hacia dentro, ya que todo lo que existe, existe dentro de Él. Él ve las cosas con los ojos cerrados y nosotros somos ese espacio entre el sueño y la pesadilla. Lo que el Eterno no ve no existe, está más que probado científicamente. No existen perros azules, como poemas, porque nadie ha visto nunca un perro azul. Si un día alguien viera un perro azul, entonces los perros azules pasarían a existir. Todo esto es absolutamente científico. Pero avancemos en la historia: Moisés tuvo que huir. No huía del faraón, sino de sí mismo. El texto dice que era el faraón quien lo perseguía, pero también dijo antes que, en el momento del crimen, nadie miraba. En ese caso, si nadie lo vio, a Moisés solo lo podía perseguir su conciencia, que es el faraón más eficiente de todo nuestro Egipto. Por eso, Moisés se fue a vivir con Jetro, que era sacerdote de Madián y vivía en el desierto. Es allí donde va todo hombre perseguido por el faraón. Va a un lugar donde no hay nadie, excepto su desesperación y su faraón particular. El desierto no es un espacio de arena, es un espacio de culpa. Así fue como Moisés se casó con la hija de Jetro, que se llamaba Séfora. Un día, mientras apacentaba las ovejas de Jetro, vio al Eterno entre una zarza que se quemaba sin consumirse. Lo contrario a los hombres cuya alma va consumiendo el cuerpo hasta apagarse, porque el cuerpo, decía mi padre, es un tarugo de madera y el alma es el fuego que se desprende de ese tronco. Allí, en la zarza, estaba la eternidad definida así: un fuego que no necesita combustible. Todo en el universo depende de todo, no hay nada independiente. Excepto aquel fuego que no necesitaba nada para existir. A Moisés le admiró mucho todo aquello y el Eterno le dijo que se descalzara. Fue lo que hizo. Después le dijo: «Yo soy el Señor de Abraham, de Isaac y de Jacob». Fíjese, señor Vogel, en que Él no dijo que era el Señor, simplemente. Lo dijo, sí, pero de un modo más complicado, nombrando a mucha gente, para mostrar que, a pesar de que todos lo vean de un modo diferente, Él es Uno. Abraham vio una cosa, Isaac otra, Jacob otra. Pero el objeto de su visión era el mismo. Podría haber dicho simplemente que era el que era y nada más, pero nombró a patriarcas como si necesitara justificarse. Ahora bien, de la zarza salía una voz que parecía bombas cayendo y que se oía como si viniera del suelo, de un sótano. Criticaba a los egipcios que maltrataban a los hebreos, obligados a construir ciudades invisibles hechas del humo de sus cuerpos. En resumen, le tocó a Moisés liberar a aquel pueblo oprimido. Ese pueblo era como los pájaros de esta tienda. Cuando se les abrió la puerta, no levantaron el vuelo, antes se acercaron a los barrotes. Cuando Moisés se quiso llevar a su pueblo, cuando lo quiso liberar, el pueblo no quiso. Ese pueblo, encadenado y esclavizado, decía que todo iba bien, que tenían comida y todo lo demás. Decían eso llenos de cadenas en el cuerpo y llenos de cadenas en el alma. Moisés prácticamente los tuvo que obligar y oyó sus quejas todos los días. ¿Por qué Moisés tardó cuarenta años en atravesar una región que se puede atravesar en una semana? Porque la Tierra Prometida no era un lugar en el espacio y Moisés quería hacerles entender que la Tierra Prometida es un camino, es una tierra que está donde hay un hombre que la desea. Los hebreos al caminar llevaban la Tierra dentro de sí, ellos eran la Tierra, deambulando por el desierto. Pero no lo comprendieron y, al cabo de cuarenta años, Moisés desistió. Decidió darles una tierra que no era la Tierra Prometida, pues esa está donde están los hombres y no en un mapa o en un punto geográfico. Por eso el Eterno quiso que Moisés muriera antes de pisar esa Tierra. Era el último mensaje para el pueblo: esa Tierra solo se pisa con el alma, no con los pies. Moisés fue el único en pisar la Tierra verdadera, los otros pisaban una ilusión.

Moisés era todas las madres

SIEMPRE QUE NARRABA el Éxodo, Isaac pensaba en otra interpretación de la muerte de Moisés:

Moisés es como mi madre. Murió antes de ver la Tierra Prometida, murió antes de verme crecer y dar frutos. Ahora estoy bajo tierra como las semillas, pero un día floreceré. Recuerdo muy bien sus ojos hechos de lágrimas mirándome a través del dolor tan intenso que es saber que no se verá crecer la cosa más preciosa del mundo, que soy yo. Pero ¿qué se puede hacer contra la fiebre tifoidea? Esta es la historia de Moisés. Moisés era todas las madres.

Solo quedó el espacio de la boca abierta

Isaac Dresner decía que era un grillo para él. Y que él, Bonifaz Vogel, era un muñeco de madera. Un *golem*, decía Isaac Dresner, un *golem*.

—Sabe, señor Vogel, siempre quise tener un *golem*, un hombre artificial. Un amigo, en el fondo. Un día, intenté hacer uno de barro. Le di forma y definí su altura (tenía que caber bajo mi cama). A continuación, le abrí la boca y escribí el nombre del Eterno. Se quedó así, con la boca abierta como la suya, señor Vogel, admirado del sabor del Nombre. Le puse dos ojos de pescado a modo de ojos, que después sustituí por cojinetes del taller de mi padre. En el tronco le dibujé dos líneas que lo dividían en tres partes: la cabeza, el tórax y el vientre. En la cabeza escribí la letra *shin*, en el tórax la letra *alef* y en el vientre la letra *mem*. La primera es el fuego, la segunda es el aire y la tercera es el agua. Así está escrito en el *Sefer Yetzirah* y en la naturaleza que nos rodea. El agua baja, por eso está abajo, en el vientre y en las entrañas de la tierra. El aire está en el tórax, está a nuestro alrededor, y el fuego está en la cabeza. Porque el fuego sube siempre, es lo contrario del agua, no se pueden ni ver, necesitan que haya aire en medio. Los otros niños tenían muñecos que desnudaban y vestían, rubios y con ojos azules y cuerpo de papel, mientras que yo tenía un hombre de barro, con brazos de tierra y cabeza de tierra y tronco de tierra. Y letras hebreas diseminadas por el cuerpo y líneas que las unían y desunían. Pero el homúnculo no hablaba conmigo, ni un sí ni un no, a pesar de que parecía tener ganas, con la boca abierta. Cuando lo miraba, le veía la duda. Estoy seguro de que el Nombre se había extendido por el barro, lo había calado. Por eso no entendía que no se moviera como lo hacemos nosotros. Me dio pena, con la Palabra presa en el cuerpo desnudo. Fui perdiendo la esperanza de que, en algún momento, saliera debajo de la cama y empezara a contar historias del rabino Nachman. Por eso, un día, deshice el barro, separé los brazos, las piernas y la cabeza, dividí el tronco y borré las letras de su piel. Solo quedó el espacio de la boca abierta, una o muy grande. Fue como esta guerra: la humanidad hecha pedazos, donde apenas queda el asombro de una boca abierta.

Los vivos se fueron quedando cada vez más muertos

Entre el 13 y el 15 de febrero de 1945 cayeron unas tres o cuatro mil toneladas de bombas. Mucho más que en octubre del año anterior, en los bombardeos que alcanzaron a la familia de Bonifaz Vogel. Aquellos días de febrero, Dresden se deshizo. Había una bomba para cada dos habitantes y el centro llegó a alcanzar más de mil quinientos grados centígrados. El fuego se arrastró por la ciudad con los brazos extendidos y dedos finos que entran por todas partes, por las puertas cerradas, por las ventanas altas con rejas, por los cuerpos más virtuosos. Los vivos se fueron quedando cada vez más muertos. Eran vastos millares de civiles, extendidos en el suelo, en el aire, con los cuerpos dilacerados y divididos en pedazos, en piezas inútiles. Un puzle para Dios. Tendría que juntar los dientes agarrados a las paredes, los caninos, los molares, los incisivos, aparte de los huesos clavados en el suelo como banderas definitivas. Kilómetros de piezas difíciles de conjugar, un rompecabezas inmenso, con niveles de dificultad fascistas. Había cuerpos encogidos por el fuego, de alemanes corpulentos y cabellos rubios, que ahora eran del tamaño de recién nacidos, enroscados sobre sí mismos en circunferencias, blancos como la leche. El fuego ennegrece las cosas, pero cuando insiste, se quedan blancas. Las sirenas seguían sonando.

—La vida está construida de piezas muertas —dijo Isaac Dresner—. Una serie de cosas sin vida, que, juntas, dan un ser vivo. Juntamos moléculas y aparece una célula. Ese es el trabajo del Eterno: juntar cosas muertas y hacer una cosa viva. Juntamos muertes con muertes hasta que surge lo imposible. Es como frotar dos palitos muertos y que aparezca el fuego (que son palitos llenos de vida).

¿En qué articulación encaja
la sonrisa de un hijo?

Y HAY LAS MEMORIAS, DESPEDAZADAS, clavadas en las paredes, sentimientos que son más difíciles de interpretar que los brazos. Un brazo izquierdo es un brazo izquierdo, pero el sentimiento es esquivo. ¿En qué articulación encaja la sonrisa de un hijo?, se preguntará Dios al recomponer al hombre para la resurrección. Hay memorias que no caben en el cuerpo. La sonrisa de un hijo es una pieza de un puzle mayor que el puzle al que pertenece. Dresden era piezas, no solo de cemento y huesos, sino de almas, una confusión de materia y espíritu, una sopa muy poco cartesiana.

—Dresden es un puzle —dijo Isaac Dresner— hecho de infinitos fragmentos, de piezas incontables.

Los pájaros están estropeados

BONIFAZ VOGEL MIRABA LOS EDIFICIOS y contaba las ventanas intactas. Le servía de distracción decir los números en voz alta para que el universo lo oyera.

Los pájaros estaban mudos. Todos callados en sus jaulas.

—Los pájaros están estropeados —dijo Bonifaz Vogel.

—No se puede cantar cuando el mundo está deshecho en cenizas —dijo la voz.

—Nadie querrá comprar pájaros que cantan en silencio.

—Tiene toda la razón, señor Vogel, pero ¿qué podemos hacer?

—Yo sé algunas canciones. Es preciso enseñar a cantar a los pájaros de nuevo.

Popa y Tsilia

1

El cuadro casi estaba terminado y Tsilia empezó a vestirse. Tenía el cuerpo helado, pero no era del frío (que era mucho, era innúmero), era de mirar su reflejo en el espejo de la sala de Franz Ackerman. Era una casa muy grande, con una chimenea inmensa. Tres amplias ventanas se abrían al frío que hacía en todas partes. La ciudad estaba repleta de ese frío y del ruido de los aviones.

El reflejo que Tsilia Kacev veía en el espejo no era un cuerpo frío, era una vida que era como un cuerpo frío. Tras ese momento de reflexión y tristeza, se vistió rápidamente. El vestido verde, irremediablemente viejo, agonizante, le acentuaba el color de la piel —sonrosada— y le daba un aspecto extrañamente saludable. Dio unos pasos al frente, en dirección al pintor, y miró el cuadro. Era abstracto. Su mirada era abstracta. Ackerman le pasó la mano por la cabeza.

—No es mi mejor obra, pero no está nada mal. Tiene espíritu. Fíjate en la mirada: ¿no te parece ambigua, como las palabras de tu Torá?

Tsilia encogió los hombros.

—Mi nariz está muy diferente.

Franz Ackerman se sirvió un vaso de *schnaps* y se lo bebió de un trago.

—Es como lo veo yo. Tú ves de una manera y yo de otra. Por eso somos miles de cuerpos diferentes. Nuestro cuerpo depende mucho de los ojos de los otros. Si pudieras juntar todas las opiniones sobre ti misma, estarías muy próxima a la Visión de Dios.

—Cuando miro el cuadro, no entiendo si estoy retratada de lado o de frente. Veo mis dos pechos, que parecen unos ojos muy abiertos. No me parece real.

—Lo que no es real es retratar las cosas solo desde un ángulo. Cuando pienso en ti no es solo de frente o solo acostada o de espaldas o caminando. La verdad tiene muchas perspectivas. Si nos limitamos a una, estamos muy cerca del error absoluto.

—Mis ojos parecen dos peces.

—Es porque vemos el mundo desde el interior de un acuario.

2

Tsilia lanzó su cuerpo contra Franz Ackerman. No había ninguna razón lógica para hacer eso. Ackerman la protegía y la trataba como a un ser humano. El pintor cayó junto a la mesa, volcando la botella de *schnaps* sobre la paleta de los óleos. Tsilia cogió una chaqueta. Él la contempló admirado, con los ojos azules muy abiertos, cuando ella cruzó la puerta de casa. No irá muy lejos, pensó.

Tsilia caminó por las calles como una alemana, pero con los brazos cruzados para protegerse del frío. Miraba al suelo y veía sus pies, sus zapatos de piel marrón, y eso vaciaba su mente de otros pensamientos. De vez en cuando miraba hacia arriba sin detenerse nunca por miedo a parecer vacilante. Tenía que caminar sin parar como si supiera perfectamente adónde iba. Cuando se cansó, se sentó en un banco de piedra, junto al río Elba. Sintió un hambre inmensa y deseos de volver a casa de Ackerman. Se preguntaba por qué había salido así. Fue entonces cuando empezaron a caer las bombas (casi cuatro mil incontables toneladas). Las piernas de Tsilia temblaban y eso hacía temblar el suelo.

3

Mathias Popa cogió un trozo de cristal roto. Sus manos sangraban por la fuerza con la que agarraba el cristal. El soldado no llegó a darse cuenta de lo que sucedió. Cayó de rodillas antes de caer en el infinito de la muerte, con el cuello abriéndose en una agalla de pez. Tenía la boca muy abierta, intentando respirar, pero le faltaba el aire. Todo esto sucedía serenamente, como si no quisiera incomodar al universo. Popa sacó la Luger del cinturón del soldado y se la metió en los pantalones. Escupió en el cuerpo que respiraba todavía y su saliva resbaló por la mejilla izquierda del soldado moribundo y entró lentamente en la boca muy abierta. Como una o muy grande.

Los ojos del soldado parecían dos peces, pensó Popa.

Salió del almacén donde se escondía desde hacía más de dos meses. No podría seguir allí. Caminó con cautela y atravesó un pequeño bosque. Por la noche, con mucho cuidado, se dirigió al centro porque estaba hambriento. Vio una patrulla a lo lejos y bajó al río.

4

Vemos el mundo desde el interior de un acuario. No vemos nunca el mar, pensaba Tsilia. Es porque vivimos en

Dresden. Tsilia quería comprarse un bañador azul para camuflarse en las aguas del mar. Todo azul como un cielo pesado, tirado por el suelo. Nadaría en ese cielo grave y salado, un cielo que había caído a la tierra. Dice la Torá que había dos aguas, una encima y otra debajo. Dos mares: uno leve, hecho de aire, otro pesado, hecho de agua. Por encima estaba el fuego. En Dresden el fuego estaba en todas partes.

Se levantó del banco de piedra donde se había sentado envuelta por la calamidad y volvió a caminar. Bajó unas escaleras hasta el río y reparó en una cavidad detrás de un arbusto. Apartó las hojas y entró a ese espacio angosto. Se tumbó y se durmió casi de inmediato.

En mitad de la noche la despertó un muchacho de dieciséis años llamado Mathias Popa. Tenía una Luger en la mano. Tsilia retrocedió contra la pared, apretándose en aquel espacio.

—¡Chis! —dijo él.

Y se tumbó a su lado. Se quedaron así, despiertos, sin decir una palabra hasta que despertó el día. Por la mañana se agarraron ansiosamente desnudos, más por hastío que por cualquier otro tipo de pasión que la circunstancia hubiera podido inducir. No dijeron otra cosa que gemidos, como si fueran mudos. Las bocas abiertas (como oes grandes) jadeaban, pero no tenían palabras qué decir. Cuando llegó la noche, Mathias Popa se marchó. Las bombas seguían cayendo.

Isaac tenía los ojos oscuros, de luz apagada

Y LA GUERRA SE ACABABA, después de destruirlo todo, las casas, los afectos, los relojes suizos. Bonifaz Vogel abrió la trampilla cuando se lo ordenó la voz y un niño se alzó del suelo. Vogel se quedó muy sorprendido porque su padre había mandado construir aquello y no recordaba que hubiera nadie allí. ¿Cómo una voz se podía convertir en un niño sucio y con los dientes tan alineados?

Isaac Dresner, con las rodillas que se tocaban por los nervios, tenía la mirada podrida por meses sin luz. El aire mortecino, no obstante, ganaba contornos si se comparaba con los destrozos de Dresden. Los pies, muy delicados, aplastaban un suelo de cenizas y restos humanos.

Bonifaz Vogel era como un hijo para Isaac Dresner. Un hijo cuyos recuerdos jamás le permitirían coger en brazos. Pero era como un hijo. Sin embargo, oficialmente, era al revés. Cuando Isaac salió de la trampilla —y de la tienda— cogido de la mano de Vogel (que no entendía nada de lo que sucedía), el soldado preguntó:

—¿Es su hijo?

—Es mi padre —dijo Isaac. Vogel sonrió sin comprender y el soldado los miró a ambos, cogidos de la mano. Tenía una lágrima en los ojos nublados de guerra.

Tsilia Kacev se posó en aquellas vidas como la sombra de un pájaro

—¿Y ESA? —PREGUNTÓ EL SOLDADO.

Isaac Dresner se giró y vio a una muchacha con la cabeza ladeada, la mirada grave. No tenía idea de quién podría ser, pero el modo en el que le temblaban los labios era una petición de ayuda.

Había aparecido de la nada, como la sombra de un pájaro que se sienta a la mesa, y caminado sin notar que caminaba. Llevaba un vestido verde y tenía los brazos alrededor del cuerpo para protegerse del frío, o para no exponer el frío insoportable que tenía dentro.

—Es mi hermana —mintió Isaac Dresner.

Y le dio la mano (la suavidad de su piel está entre el mármol y el cielo límpido, pensó Isaac). El vestido la ahogaba. Isaac notó que su mirada daba la vuelta a las cosas, que las veía desde muchas perspectivas. Tenía una mirada que era una bicicleta alrededor de un árbol. Se quedaron así, los tres, cogidos de la mano, contemplando el fin del mundo. El soldado se fue y ellos permanecieron inmóviles: Bonifaz Vogel, muy erguido, con el pelo blanco como el pecho de una gaviota y un sombrero de fieltro (*alef, bet, gimel, dalet, he, vav, zayin, het, tet, yod, kaf, lamed, mem, nun, samekh, ayin, pe, tsadi, qof, resh, shin, taf.* Amén, pensaba él); Isaac Dresner con las piernas finas y un peso sujeto al pie derecho, el peso de la cabeza de su mejor amigo, Pearlman; y Tsilia con un vestido verde y el frío imposible que sentía en el pecho (al mirar Dresden comprendió, finalmente, la pintura más abstracta). Todos cogidos de la mano, como una familia.

Segunda parte

Memorias de Isaac Dresner
(contadas por él mismo)

Los abuelos paternos

El día es mitad muerte, mitad vida, como se puede apreciar por la cantidad de luz y oscuridad de las que se compone.

AQUEL DÍA, EN QUE LA MUERTE se mezclaba con la vida, murió mi abuela materna, cuando, por la fiesta de Pentecostés, se organizó una gran comida. Mi abuela no cocinó porque estaba embarazada, estaba a punto de tener un hijo.

Colocaron una pesada mesa de roble delante de la casa de mi abuelo (que era sepulturero). El gran roble de la entrada daba su sombra, sin pedir —como hacen los hombres— nada a cambio. Se apreciaba con claridad la mezcla de la vida y la muerte, el roble muerto que es una mesa y el roble vivo que da sombra.

La mayoría de los invitados no se presentaron, no querían comer con el sepulturero (que era mi abuelo paterno), mezclar la muerte con la vida, mezclar las bocas que entierran cadáveres con las bocas que celebran la vida: los que viven de la agricultura y del cultivo de la tierra. Pero, en el fondo, no hay tanta diferencia entre un sepulturero y un agricultor. Ambos depositan su esperanza en la tierra, unos echan la simiente, otros el cadáver, pero ambos esperan que, de lo que se entierra, brote vida un día.

Mi abuela se llamaba Marija y era natural de Breslov —como el rabino Nachman. Curiosamente, tenía la profesión opuesta a la de mi abuelo: era comadrona. Los dos formaban una circunferencia, un anillo que comprende todo el drama humano. Esa tarde, del vientre de ella, mi abuelo sacó un hijo aquí afuera. Un hijo nacido de mi abuela muerta, en un movimiento contrario al que estaba acostumbrado: en vez de enterrar el cadáver en la sepultura, de ella sacaba la vida, desenterraba a un niño. Sacaba de la tierra para sembrar en el aire. Así vino al mundo mi padre, David Dresner.

Los muertos no tienen nombre, decía mi abuelo

DESPUÉS, MI ABUELO FUE A BUSCAR la pala, sudó y cavó un agujero, unió a mi abuela con la tierra.

Mi abuelo decía que la tierra que pisamos es como el mar: ondula. Una onda de tierra es un árbol, un perro, una vida, un hombre, un zapato, un cabrito. Acostó a mi abuela en su última morada, como quien duerme a un niño. Gritó hosanna, y la cubrió con ternura (como hacía cuando se acostaban) con la colcha que es común a todos, el polvo. Marcó el lugar con unas piedras y quedó allí sin un nombre grabado, como debe ser: los muertos no tienen nombre, decía mi abuelo.

Haremos de nuestras carnes una sola tierra

—ME HE PREGUNTADO SIEMPRE quién enterrará al último hombre —le dijo mi abuelo a mi padre—, o, si quieres, en este caso, ¿quién enterrará al sepulturero? Tú, claro. No eres enterrador, pero me sepultarás en la misma tierra de tu madre, que murió cuando respiraste por primera vez, hace casi tres veces siete años. Su tierra se mezclará con la mía como ya sucedió en vida, haremos de nuestras carnes una sola tierra.

Cuando mi abuelo murió, mi padre cumplió su voluntad y se mezclaron para siempre.

Repetir lo que decía tu abuelo es como mirar una fotografía suya

Siempre que abría una sepultura, mi abuelo pensaba en voz alta. Mi padre, que solía ayudarle cuando era chico, repetía muchas veces —de tanto oírlo— lo que decía. Eran cosas como esta: «Es desde la oscuridad de la tumba donde empezamos a crecer verticalmente. Primero se construye un agujero completamente vacío, hecho solo de abismo. Cuando nos sumergimos en ese lugar oscuro, sucede que, en vez de ir hacia abajo, levantamos el vuelo. Sumergirse en ese abismo es como flexionar las piernas para saltar. Hacia abajo, antes de dar con la cabeza en el cielo».

No conocí a mi abuelo (no he conocido a ninguno de mis abuelos), pero mi padre me explicaba cómo era: la barba despeinada, la figura delgada, los ojos oscuros, las cejas que parecían dos manos protegiéndole la cara del sol, las rodillas ligeramente torcidas (yo salíl) y los pensamientos de tierra. A veces, mi padre cogía una hoja y dibujaba unas rayas que, según él, eran las arrugas de la frente de mi abuelo. En ese momento me daba pena mi padre y rezaba para que Adonai le concediera el don del dibujo. Quizá un día conseguiría dibujar el rostro entero. Una vez le pregunté por qué repetía tantas veces las frases de mi abuelo y me respondió esto:

—Repetir lo que decía tu abuelo es como mirar una fotografía suya.

Al final, a mi padre no le hacía falta saber dibujar.

Los abuelos maternos

El sueño de la biblioteca

MI ABUELA MATERNA SE LLAMABA Lía Rozenkrantz y tenía un sueño que se repetía muchas veces, un sueño lleno de columnas y estatuas. Mi abuelo materno, que era un gran cabalista, creía que esos sueños sucedían en la antigua biblioteca de Alejandría. En efecto, esos sueños fueron siempre muy perturbadores para mi abuela, que se despertaba sobresaltada, llena de miedo. Eran imágenes muy fuertes, de colores vivos, de las que no se borran cuando uno se despierta o a medida que avanza el día. Durante más de treinta años, mi abuelo durmió con una libreta y un bolígrafo en la mesita de noche. Apenas se despertaba mi abuela, la bombardeaba con preguntas. Intentaba anotar todos los detalles. Tenía en el despacho innumerables hojas que, según mi abuelo, eran la planta de la biblioteca. Una planta que se rehacía cada día. Iba modificando los trazados que dibujaba e intentaba encontrar un nexo en las pesadillas de mi abuela. También intentó sesiones de hipnotismo, sin ningún resultado.

Mi abuelo quería que mi abuela deambulara por los sueños tranquilamente, sin sobresaltarse, que cogiera los papiros y los leyera en voz alta. Quería recuperar obras perdidas de la antigua biblioteca. Durante treinta años acumuló innumerables hojas llenas de fragmentos, de frases, todas transcritas de sueños de mi abuela. Había obras de Heráclito, de Andrónico, de Pirro..., todo tachado y reescrito incontables veces porque los sueños de mi abuela cambiaban mucho.

Decía mi abuelo, citando el Talmud, que un hombre sin una mujer es solo medio hombre. Pero mi abuela se reía de él y decía: una mujer sin un hombre es como un manco sin guantes.

Una de las mayores tragedias que han sucedido en esta parte de la familia ha sido la muerte de mi abuelo. Solía pasar las tardes con el coronel Möller, que era su mejor amigo. Además, fue en casa del coronel donde mi madre conoció a mi padre.

Un día, el mayordomo del coronel asesinó a mi abuelo. Mi padre nunca me supo explicar muy bien por qué motivo lo hizo: solo me decía que el mayordomo era un hombre terrible, un monstruo que, incluso, no comprendía las metáforas.

He aquí lo que Tsilia piensa sobre
las monstruosidades:

ESTE EXPERIMENTO ME PARECE perturbador, me dijo Tsilia: sobrepusieron las fotografías de todos los alumnos de una escuela y, de las imágenes, se hizo la media. De esa media surgió un rostro que era el canon griego. Hasta la turba tiene canon, pero, entonces, ¿de dónde sale la monstruosidad que vemos por ahí? Oí hablar, hace mucho tiempo, de un experimento curioso sobre una composición de Piet Mondrian, una de esas con cuadrados, no recuerdo el título. Se les pidió a los alumnos de Bellas Artes que pintaran un cuadro lo más parecido posible a la obra de Mondrian. Al final, se expuso el resultado (unas decenas de rectángulos coloridos, imitaciones del verdadero) con el original, sin que ninguno de ellos estuviera identificado. Se les pidió, a los visitantes, que eligieran el cuadro que les pareciera más armonioso. El de Mondrian, lleno de rectángulos áureos y divinas proporciones, fue el elegido por la mayoría. Un porcentaje muy alto eligió la obra original. Esto revela que el hombre no solo se compone de divinas proporciones, sino que las reconoce cuando las ve, incluso un hombre sin cultura visual y aun sin cultura alguna. Si lo armonioso y proporcionado es fácil de reconocer, ¿de dónde sale esa atroz desproporción que vemos en el mundo?

A mi padre no le importaba que mi madre leyera el Zohar, pero a los amigos de la familia eso les parecía muy irregular

MI PADRE ERA MUY GUAPO, pero mi madre decía cosas más inteligentes. Me dijo una vez:
—No se debe buscar al Eterno en las palabras de la Torá, eso sería un gran absurdo, sino en los espacios entre las palabras de la Torá.
—La verdadera Torá no tiene espacio entre las palabras —dije yo.
—Por eso mismo.

Los Pearlman, una forma de incoherencia

FUI A VIVIR A CASA DE LOS PEARLMAN porque mi padre fue a un campo de trabajo y, poco tiempo después, mi madre murió de fiebre tifoidea.

Los Pearlman eran una familia de cinco personas y dos gatos. Mi amigo Pearlman se llamaba Ezra, aunque yo lo llamaba por el apellido. Tenía dos hermanas adolescentes, muy feas, una de catorce años y otra de dieciséis. La mayor se llamaba Fruma y la más joven, Zelda. Yo solía decir que la única guapa era la de en medio. Para ser justos, Fruma era aún más fea que Zelda y Zelda era aún más fea que Fruma. Una vez vi a Fruma mientras se bañaba y me pareció que, a pesar de ser horrible, tenía un cuerpo muy bonito o incluso perfecto. Eso me pareció incomprensible, como si la cabeza no le perteneciera. Era muy extraño que su cuerpo no fuera el equivalente a una sonrisa con dientes mal alineados y unos ojos hundidos, que pestañeaban demasiado. Su cuerpo no tenía los dientes mal alineados, todo lo contrario, tenía formas que servirían como canon de belleza femenina. Y las piernas eran dos cosas inolvidables, una al lado de la otra.

El señor Pearlman, el padre de mi amigo Ezra, me trataba como a un hijo. Le debía mucho a mi padre, me decía, pero nunca he sabido qué deudas eran esas. Cuando se lo preguntaba, me acariciaba la cabeza y se reía con su voz de ópera.

—Mi padre —le dije a mi amigo Pearlman— decía que lo que está encima es como lo que está debajo. Pero tu hermana es muy extraña.

—¿Qué quieres decir con eso?

—La parte de abajo no es como la parte de arriba. Contradice muchas leyes.

—¿Qué quieres decir con eso?

La hermana de Pearlman fue la primera incoherencia que vi en mi vida. Intenté entender mejor esa rareza de poseer una cara equivocada. ¿O era el cuerpo el que estaba equivocado? Mis dudas acabaron creándome problemas serios. Fui sorprendido con los ojos donde no debía y me castigaron severamente. Pero, en fin, aquella fue mi primera incoherencia y nunca olvidamos la primera vez que vemos una incoherencia completamente desnuda.

La historia de Tsilia Kacev

TSILIA KACEV ERA JUDÍA, de una familia conservadora y con algún dinero. A los trece años, en la sinagoga, empezó a notar una mancha roja en la mano izquierda, una mancha que aparecía en la mano en lugar de aparecer en los calzones, como les sucedía a las amigas de su edad. Se limpió la sangre con un pañuelo, pero la herida no se cerraba. No recordaba haberse golpeado ni nada que pudiera justificar aquella sangre. Se envolvió la mano con el pañuelo e intentó disimular lo mejor que pudo. Cuando llegó a casa, alegó dolor de cabeza y se encerró en su habitación. Se despertó unas horas después y, en el espejo, vio que tenía sangre en la frente. Al principio pensó que era de la mano, tal vez se la había pasado por la cabeza, pero comprendió enseguida que tenía una llaga en una línea paralela a las cejas. La mano derecha también sangraba como la otra. Horrorizada, se dejó caer de rodillas y su madre la encontró así, al día siguiente por la mañana. Gritó al ver a la hija postrada con sangre en la cara y las manos, pero inmediatamente comprendió lo sucedido y las consecuencias que eso tendría entre los amigos, en toda la comunidad judía de Minsk. Pasaron las dos a esconder las «crisis» (como las llamaban) lo mejor que podían y sabían. Tsilia se dejó crecer el flequillo y llevaba, siempre que podía, pañuelos, indisposiciones, sombreros, guantes, dolores de cabeza, bajonazos de tensión y cosas de mujeres. Cuando las crisis eran más violentas permanecía recluida durante días. El padre nunca sospechó nada. Era un hombre austero que dejaba la educación de las mujeres a cargo de las mujeres. Llevaba el pelo peinado hacia atrás, extremadamente peinado hacia atrás, como el alma. Pero cuando Tsilia cumplió dieciséis años, el padre, que era un gran hombre de negocios, decidió que había llegado el momento de casar a la hija. Toda su actitud transpiraba el formato de su alma: un alma completamente peinada hacia atrás.

El hombre elegido como yerno era un joven abogado, ambicioso, admirado especialmente por la elegancia con la que se enriquecía y por la capacidad con la que era capaz de hacer preguntas. Madre e hija intentaron resistirse a los planes del padre, pero se mostró inflexible. Tsilia, que ya no podía soportar más la presión, huyó de casa y no volvió nunca más.

Los primeros años no fueron fáciles. Tras intentar suicidarse tirándose al río Svislach (Tsilia no sabía nadar) fue salvada por un campesino que le dio cobijo durante unos días. Era un buen hombre, en cierta medida honesto, que vivía, principalmente, del pastoreo y de un huerto. Parece ser que las aguas del río Svislach no le sentaron bien. Tras el heroico salvamento, el hombre empezó a sentirse febril, acosado por una tos seca que acabaría con él en menos de dos semanas. Tsilia salió de aquella casa bajo la tutela de una vecina que la puso a trabajar como criada en una buhardilla en Vilnius. Allí vivió dos años. Su patrón se llamaba Stepunin y era un hombre grande, grueso, gordo, con unas patillas enormes que le llegaban a las clavículas y parecían querer ir más lejos todavía. Se pasaba el tiempo recitando a Pushkin (era un especialista) y contando los pasos que conducían de una estancia a otra o, por ejemplo, de su casa a la estación. Sabía convertir todas las distancias en pasos o en versos de Pushkin. Su mujer, llamada Rosa, era una señora encorvada, enclaustrada en un cuerpo que parecía más bien una temporada en Siberia. Stepunin no tardó en percatarse de que, andando por su casa, había versos más bellos que los de Pushkin. Así fue como su patrón inició a Tsilia en la vida sexual. Stepunin llegaba siempre acompañado por uno o dos sonetos.

Las crisis, desde que huyó, no habían vuelto, y Tsilia sentía la ilusión de la cura. Un día, mientras Stepunin se acostaba sobre ella —las patillas rozándole suavemente la cara— empezó a considerar su vuelta a casa. En ese momento tuvo la mayor crisis de su vida, lo que llevó a un verso de Pushkin a transformarse en un grito. El rostro de Tsilia se cubrió de sangre, Stepunin gritaba. Las manos de ella, que rodeaban al patrón aterrorizado, parecían grifos. Apareció Rosa, despierta por los gritos, en la puerta del cuarto de la criada. Al ver aquella escena, hizo lo que debía hacer una mujer como ella: despedir a la criada y perdonar al marido.

Tsilia, con el poco dinero que había ahorrado, cogió un tren a un lugar cualquiera. El destino la llevó de la mano a Bohemia y después a Alemania, donde, en plena Segunda Guerra Mundial, vivió escondida en casa de un pintor alemán, en la ciudad de Dresden. Un día salió de casa y empezó a caminar. Estuvo escondida hasta que no pudo más, que no fue poco. Hasta el momento en que —cuando Bonifaz Vogel e Isaac Dresner se cogían de la mano, ante un soldado— apareció junto a ellos.

Unos meses después se fueron a París y, algunos años después, Isaac Dresner y Tsilia se casaron. Él tenía siete años menos que ella, pero tenía dos centímetros más, lo que minimizaba la cronología (en la cabeza de Isaac Dresner). París fue provechoso para la carrera de Tsilia, que se convirtió en una pintora excepcional, pero estaba lejos del mar —ese cielo caído, pesado—, y eso le disgustaba. La pintura le daba bastante dinero, no eran ricos, pero podían despilfarrar. Tsilia, Isaac Dresner y Bonifaz Vogel, siempre los tres, pasaban largas temporadas en el norte de Francia, muchas veces cogidos de la mano. No era un mar tan celestial como había imaginado Tsilia, pero incluso así era un cielo.

Vogel se torna una persona inverosímil

BONIFAZ VOGEL SE TORNABA cada vez más invisible. Para la mayoría de las personas, inverosímil. Cuando salió de la tienda de pájaros, parecía que había caído en una jaula trampa. Permanecía sentado durante horas, sin decir nada, e Isaac Dresner tenía que llevarlo hasta el lavabo para que orinara, lo que, normalmente, ya había hecho en los pantalones.

Humillados & Ofendidos

TSILIA PINTABA VARIOS ÁNGULOS de la realidad en la misma imagen, superpuestos en capas de pintura como odios acumulados. Una persona aparecía con el lado izquierdo superpuesto al derecho, la parte de arriba a la de abajo, como si bailara desde todos los ángulos posibles, incluso desde aquellos que no se ven, porque el lado izquierdo de una persona es diferente de su propio lado izquierdo según su estado de espíritu. Tsilia era capaz de juntar lo que el cubismo y el expresionismo, juntos, nunca podrían hacer. Solo usaba pinturas y un poco de sí misma. La visión de una persona desde todas las perspectivas posibles se asemeja al modo como el Eterno nos ve, decía Isaac cuando miraba los cuadros de Tsilia.

Esas perspectivas, además, daban bastante dinero. Isaac pudo pasarse la vida ocupándose de un negocio ruinoso, alimentado con pérdidas.

—Tengo una librería de almas muertas —solía decir Isaac Dresner—. Un Hades hecho de papel. Mi librería es como Dresden: almas muertas.

Su pequeña tienda quedaba en un segundo piso de una calle del *septième arrondissement*. Un letrero ostentaba el nombre de la librería: Humillados & Ofendidos. Isaac también perdía dinero con una pequeña editorial llamada ¡Eurídice! ¡Eurídice!, una empresa que mantenía un volumen de ventas cercano a la desesperación. Los libros ignorados, que Isaac se esforzaba por vender, permanecían desconocidos en un segundo piso acartonado por la humillación.

La vida en familia

MUCHAS VECES SE QUEDABAN quietos los tres, sentados en el sofá, cogidos de la mano como cuando Dresden era un montón de cosas muertas. Les asomaban las lágrimas a los ojos e, indefectiblemente, Isaac y Tsilia se abrazaban hasta que Vogel necesitaba ir al cuarto de baño.

El libro del éxodo, de Thomas Mann

LA MAÑANA SE ENVOLVÍA con el frío en una mezcla razonablemente homogénea. Isaac Dresner se alzó el cuello del abrigo mientras caminaba, cojeando del pie derecho (a causa de la cabeza de Pearlman), con el viento golpeándole en los muslos y en las mejillas, en los ojos, en la nariz, en toda su anatomía. El día era un abrigo abierto al frío. Entró a una librería.

Hacía una semana, un librero con el que mantenía un contacto regular lo había llamado para decirle que tenía, en su tienda, dos libros que, con toda seguridad, le interesarían.

Omerovic era un hombre alto, moreno, siempre con el *tashbi* en las manos. La tienda tenía pocos libros, pero la mayoría eran valiosos.

Isaac Dresner lo saludó y él le ofreció un té.

—No, gracias —le respondió Isaac.

El librero insistió y acabó aceptando.

—Estamos en Ramadán, pero la hospitalidad es más importante. Es una de las pocas razones para romper el ayuno: la hospitalidad.

Omerovic sirvió el té. Isaac Dresner se quemó la lengua y las manos al llevarse el vaso a la boca.

—Cójalo por la base y por la parte de arriba —sugirió Franjo Omerovic—. Así no se quemará.

Isaac Dresner sacudía la mano. Contrariado, volvió a intentarlo.

El té le supo a salvia.

—Me sabe a salvia.

—Es de té negro aromatizado con salvia.

—¿Y los libros?

—Voy a buscarlos.

Omerovic dejó los libros encima del mostrador mientras preparaba un narguile. Se lo ofreció a Isaac y este lo rechazó. Le pasó el primer libro e Isaac leyó en voz alta:

—*El libro del éxodo.*

—Cuenta la historia de la fuga de dos prisioneros. En el fondo es la historia del éxodo bíblico contado con nuevo ropaje. Uno de los prisioneros representa a Moisés y el otro, al pueblo de Israel. Este último tiene incluso el sugerente nombre de Volks. Es un personaje pesimista que repite constantemente la frase:

el camino hacia la libertad va a dar a la prisión.

Isaac Dresner hojeaba el libro. Se rascó la cabeza evitando hacer comentarios. Omerovic, tras una pausa para fumar y beber un poco de té, continuó:

—Este libro lo escribió Thomas Mann.

—No es lo que dice la cubierta. El autor es...

—Sé lo que dice la cubierta. Mathias Popa, el hombre que firma la obra...

—¿Un pseudónimo?

—No, déjeme acabar, señor Dresner. Como le decía, Mathias Popa ha sido, toda su vida, un autor frustrado. Su poesía era rechazada sistemáticamente por las editoriales. Intentó dos ediciones de autor que fueron completamente despreciadas (o casi) por el público y la crítica. La historia de esas publicaciones empezó el día que entró al edificio de una editorial en Zúrich. En el vestíbulo había una gran discusión entre un autor, su mujer y empleados de la editorial. La secretaria intentaba tranquilizar a los contendientes. Popa, ajeno a la trifulca, se apoyó en la pared. Vio un sobre enorme encima de la mesa y, en un impulso, lo cogió y lo escondió bajo el abrigo. Fue algo no premeditado que ni el mismo Popa sabría explicar. Cuando llegó a casa, sacó el sobre del interior del abrigo. Para su sorpresa era un original inédito de Thomas Mann. Mathias Popa vislumbró la manera de navegar en el mundo de la literatura. Tras el éxito que inevitablemente tendría con aquel libro, su poesía difícilmente podría seguir ignorada. Pasaría el texto a máquina y lo presentaría como propio a una editorial. Sucedió lo que era de esperar: todas las editoriales rechazaron la publicación alegando las disculpas de costumbre. Popa se quedó hecho polvo. Decidió, visto que el texto de Thomas Mann tenía una cualidad innegable, publicarlo él, por su cuenta. Fue lo que hizo, este libro que tiene en las manos, querido Dresner, es la prueba. Pero los planes de Popa se malograron. El libro fue un completo fracaso. Poco más de trescientos ejemplares vendidos en toda Alemania.

No desistió. Vendió la casa e invirtió una imponente suma en aquella obra. Hubo mucha publicidad, viajes de promoción, traducciones, etcétera. Vendió algo más, números sin importancia. Consiguió algunas críticas importantes, que nunca fueron, ni de lejos, positivas. Curiosamente, una de las reseñas más amargas, hay que ver qué ridículo, acusaba al autor de copiar el estilo de Herman Hesse. Después de tanta inversión, la conclusión era evidente: el público seguía ignorándolo como había hecho siempre. Entonces, con algunas propiedades todavía, Popa tuvo una idea. Si escribiera un libro confesando la verdad, sería un éxito. Imagine el escándalo, por un lado; por otro, sabiendo que *El libro del* Éxodo era en realidad de Thomas Mann, las ventas se dispararían, las ventas de ambos libros. Mathias Popa, finalmente, vería recompensados sus esfuerzos, aunque significara pasar el resto de sus días en la cárcel. Eso poco le importaba. Así, Popa escribió la historia de su vida, escribió cómo robó el manuscrito de Thomas Mann y lo publicó como suyo. Aún poseía algún dinero de la venta de la casa, que acabó invirtiendo. El libro no era malo. Pero el público, ya sabe cómo es, lo ignoró. Aquí tiene un ejemplar.

Omerovic le entregó el libro a Isaac Dresner. Los ojos de este brillaban.

—¿Podría contactar al autor?

El librero cogió una tarjeta y se la entregó a Isaac.

— Aquí tiene la dirección de Mathias Popa. Aunque es un hombre a la antigua usanza, con sus manías, sabrá apreciar su empeño.

—Creo que nos entenderemos. Pero dígame, señor Omerovic, ¿cómo puedo estar seguro de que la historia del manuscrito de Thomas Mann es verdadera? Podría haberse inventado ese episodio para vender los libros.

—Claro, pero justamente en esa incertidumbre reside la belleza de estas dos obras.

Mientras no acertaba la llave en la cerradura

EL CIELO ESTABA CARGADO DE NUBES que parecían incontinentes, aunque acabaron alejándose, yendo a llover a otras grandes capitales europeas. Isaac se detuvo en una *brasserie* a beber un vaso de vino y comer una tabla de quesos con pan. Estiró las piernas mientras observaba el mundo a su alrededor, lleno de paraguas cerrados. Cogió la maleta y empezó a releer el segundo libro de Mathias Popa. Permaneció sentado, absorto, un poco tocado por el frío, como una pera de invierno, leyendo aquella obra devastada por la falta de memoria. Volvió a casa caminando, cojeando del pie derecho, con el libro en la mano. No dejó de leer mientras subía las escaleras. Mantuvo el libro abierto mientras hablaba con el portero, no se interrumpió mientras no acertaba la llave en la cerradura, mientras abría la puerta. Isaac Dresner abrazó a Tsilia, dejó la maleta y se sentó. Ella sugirió que se sentara junto a Bonifaz Vogel. Tsilia lo estaba pintando y quería añadir a Isaac a la figura de Bonifaz. No se pinta al uno sin el otro, decía.

Bonifaz Vogel estaba completamente desnudo, con la boca abierta, sentado en la silla donde solía pasar una buena parte del día mirando por la ventana y escuchando la radio. Cuando oía noticias de guerra, se sobresaltaba y los ojos le brillaban con lágrimas. Las carnes de Vogel, demasiado maduras, a punto de caer del árbol, se arrugaban de frío. La calefacción estaba encendida, pero Vogel insistía en abrir una rendija en la ventana, por donde le abrazaba el frío. Isaac Dresner le dio un beso en la frente y acercó una silla para sentarse a su lado. Bonifaz lo miró con una pequeña sonrisa, pero seguía con la mirada triste y la piel blanquecina por los años. En ese momento Isaac observó que Tsilia llevaba vendas en las manos.

—¿Otra vez? —preguntó—. No me había dado cuenta.

—Hacía ya más de un año que no me pasaba. Ha sido solo en las manos.

Fuera, los plátanos, desnudos de sus hojas más secas, casi rozaban los cristales. El resto era todo gris, una mixtura de blanco y negro. Isaac se levantó para acercar la maleta junto a él. Tsilia prensó la pintura en la paleta, mezcló aguarrás con aceite de linaza y empezó a pintar.

—¿Puedo leer? —preguntó Isaac abriendo la maleta.

¡Eurídice! ¡Eurídice!

Por la noche, Isaac Dresner se acostó con uno de los libros de Mathias Popa en la mano y así se quedó dormido tres horas después. Al día siguiente, terminó el libro mientras desayunaba.

Cuando Mathias Popa cogió el teléfono, su sueño no estaba despierto todavía:

—¿Sí?

—Me llamo Isaac Dresner. Soy editor y me gustaría mucho hablar con usted sobre los libros que ha publicado.

—Me he pasado la vida esperando llamadas como esta. ¿Cómo ha dicho que se llama?

—Isaac Dresner.

—¿De qué editorial?

—¡Eurídice! ¡Eurídice!

—No la había oído nunca, pero el nombre me gusta. Espero que sea lo suficientemente pequeña para lidiar con mi falta de éxito.

—Es minúscula, tan pequeña que solo puede crecer.

—Oiga, señor Isaac Dresner: ya me he llevado suficientes desilusiones a lo largo de mi vida. Tengo una pensión y cierta tranquilidad acompañadas de una o dos botellas de vino por noche. Ya no deseo mucho más.

—¿Podemos quedar para hablar un poco mejor sobre su desencanto?

—Venga a verme. Si tiene mi número de teléfono, seguro que tiene mi dirección. No sé quién ha sido el inconsciente que se los ha dado. Si por casualidad no estoy en casa, me encontrará al final de la calle, en una pizzería llamada Tintoretto. O al lado, en la *brasserie* Vivat.

—¿A qué hora?

—A cualquier hora. Estoy siempre en uno de estos tres sitios, son mi manera de manifestarme uno y trino, solo que, en vez de estar al mismo tiempo, soy más metódico que Dios: nunca estoy en más de un sitio al mismo tiempo. No es tan práctico para tener reuniones, pero me permite estar más concentrado. Dios se dispersa mucho.

—¿A cualquier hora, entonces?

—A cualquier hora.

—Iré mañana nada más levantarme.

—Hágalo. Lo estaré esperando. Es mi vocación.

El metro estaba lleno

El metro estaba lleno e Isaac Dresner esperó el segundo. Venía casi vacío. Isaac entró y cogió un periódico abandonado. Lo leyó durante el trayecto y salió tras dejar el periódico en el mismo lugar en el que lo había encontrado. Se cerró el abrigo porque había una gran corriente de aire en la estación y buscó la salida. Cojeando del pie derecho, caminó dos cuadras —a pesar del frío, la lluvia estaba en otra parte— y pulsó el timbre de un edificio antiguo, macizo (hecho para estar en la calle).

—Isaac Dresner —contestó cuando le preguntaron el nombre.

Subió las escaleras, algunos peldaños de dos en dos, y se encontró ante una puerta de madera oscura. Esperó unos segundos, dudando si llamar o no. Esperó otros segundos que lo llevaron a levantar la mano para llamar de nuevo. Antes de hacerlo, la puerta se abrió y apareció ante él un hombre en bata. Tenía la cara antigua de quien ha vivido tanto como sus años, las cejas encanecidas por la tristeza, la barba sucia y el ceño fruncido. Isaac Dresner volvió a presentarse y Mathias Popa abrió la puerta sin abrir una sonrisa. Su aspecto solemne era su mejor hospitalidad. Hizo un gesto dramático para que Isaac Dresner entrara, acompañado de casi una venia. Isaac entró con desconfianza en un desorden que no era mayor porque la casa era pequeña. Una habitación, una sala y cocina, un cuarto de baño. El resto eran libros, dos guitarras, un piano, dos violines, algunos instrumentos de viento, en especial cuatro saxofones: dos tenores, uno alto y uno barítono. Una de las paredes estaba completamente llena de humedad y despedía un olor a moho que llenaba el piso más que el mobiliario.

Isaac Dresner se presentó (una vez más) y Mathias Popa le extendió la mano (que era áspera como un insulto). Lo invitó a sentarse y le ofreció café o coñac. Isaac Dresner aceptó ambas cosas, pero completamente mezcladas.

Tras unas palabras en el salón, Popa comenzó a hablar de uno de sus libros.

—Mi primer libro en prosa narraba la historia de una banda que solo existía a oídos de Dios. Había un hombre ciego que tocaba, en el acordeón, una melodía sencilla en una calle de Tirana. Al mismo tiempo, en perfecta armonía, una china tocaba el piano en un salón de Moscú. Un *bluesman* en Nueva York tocaba la base rítmica en el contrabajo. En Brasil, en Corumbá, un solista tocaba una segunda armonía en la trompeta. Una empleada doméstica, en Viena, tarareaba un aria que encajaba a la perfección en aquella música. Y así en todo el mundo. Los músicos iban cambiando, la melodía iba cambiando, convirtiéndose en la mayor, en la más compleja, en la más bella composición que se ha tocado jamás. No se habían visto nunca, no conocían la existencia los unos de los otros, ni hubieran podido imaginar que aquello que tocaban formaba parte de un todo mucho mayor. Describí a miles de personas distribuidas por cientos de páginas. Hablaba un poco de sus vidas, de su geografía, y a continuación describía minuciosamente su contribución al conjunto melódico. Era un libro que transcurría en siete minutos, que era la duración de aquella música. En esa narración, solo Dios conocía toda la melodía, pero, en la vida real, quien oía aquello era yo. Era yo el que hacía tocar a toda aquella gente y oía, en mi cabeza, la composición entera con su compleja orquestación. Soy músico, ¿sabe? Lo he sido siempre. Incluso antes de tocar algún instrumento. Todos mis libros son piezas musicales, solo que con letras. En el fondo es lo mismo. ¿Cree que no sería capaz de oír a los miles de músicos que he creado tocando todos al mismo tiempo? Se equivoca. Lo oigo. Todo.

—¿Qué pasó con ese libro?

—Creo que Thomas Mann me lo robó y escribió Fausto. Es broma. Un día, después de recibir todas las cartas de rechazo del mundo, lo tiré a la chimenea. No he oído nunca una composición tan caliente como aquella.

—¿No ha hecho carrera como músico?

—Sí. He tocado el violín con Ray Brown y el saxo con Chet Baker, por darle algunos nombres para que se entretenga, pero mi vida estaba en otra parte. Lo que a mí me gustaba era ser poeta. Tocaba borracho e incluso así era mejor que todos esos virtuosos. Pero no tenía constancia. No me interesaba. Usted no sabe lo que es tener un don de ese tamaño. Cuando un vaso se rompe yo sé en qué nota ha sucedido. Pero, en música, nunca he tenido ambición. La entiendo en su totalidad y, quizá por eso, no ejerce ninguna fascinación sobre mí. Para serle franco, ese talento siempre me ha parecido una maldición. No lo quería, aunque todo me llevaba a él. El resultado es que podría haber sido el mejor músico del universo conocido, pero mi pasión estaba en otra parte.

—Sus libros me parecen muy buenos.

—Lo son. Aunque uno sea robado.
—¿De verdad lo es?
—Claro. ¿Cree que mentiría?
—Lo creo muy capaz.
—No sabe lo que dice. No existe mentira en la literatura, en la ficción, y le digo más, no existe verdad en la vida real. Si entiende esto bien, entenderá muchas otras cosas. ¿Quiere más coñac?
—Acepto. ¿Qué pasó con su poesía?
—Un día, leyendo el periódico, perdí todo el sentido poético. Me sentí vacío, sabe, completamente hueco. Uno lee el periódico y pierde la poesía. No fue por culpa del rechazo de las editoriales y todas esas cosas, fue esta sociedad. Las guerras y todo eso (en aquel momento había empezado la Guerra de las Arenas, entre Marruecos y Argelia y yo ya no podía con más guerras). Cogí toda mi obra, más de cuatro mil páginas A4, y lo enterré todo en un terreno baldío cerca de casa. Entonces vivía en El Cairo. Después de enterrarlo crecieron unas campanillas justo donde había excavado. Me puse contento porque no creció nada alrededor, solo donde enterré los poemas. No sé si fue por haber removido la tierra o si fue la naturaleza que demostraba su inclinación por la poesía, especialmente por la rechazada. En el fondo, es el estiércol lo que hace crecer las cosas, ¿no es así? En fin, todos los días pasaba por allí y veía crecer las campanillas. Me gustaba y acabó por convertirse en un ritual. Llevaba comida y un taburete de lona, de esos plegables, y me sentaba a ver cómo crecían. Un año después lo vallaron y construyeron una casa. Hay que ver lo que pueden hacer unas cuantas líneas de poesía. Todos los días pasaba por allí, llegaba a faltar a

los ensayos y a los conciertos. Cuando la casa estuvo lista fue a vivir una familia muy simpática que se convirtió en una obsesión. Pasé a vivir delante de aquella edificación me sentaba en el paseo y tocaba el saxo tenor. Dejaba el sombrero boca arriba y conseguía unas monedas. No era gran cosa. Un día, la muchacha más joven (la familia que fue a vivir a aquella casa estaba compuesta por cuatro personas: un matrimonio y dos hijas) me trajo un *shish kebab*. No dijo nada. Lo dejó junto al sombrero y se dirigió a la casa como hacía siempre. Una semana después, inexplicablemente, me harté de aquello. Fue Samuel Gómez, del Trío Sam Gómez, quien me ofreció una buena oportunidad de salir de allí, del pie de aquella casa que había crecido encima de mis versos. Lo conocía bien de tocar juntos en un concierto de homenaje a Coltrane, con todas las estrellas del *jazz*. Cuando me vio, agarrado al saxo en una calle de El Cairo, delante de aquella casa que había dejado de ser una obsesión, me propuso tocar con su hermano, que también era músico. Un baterista bastante competente. Acepté y toqué con él en los mejores hoteles de Egipto, pero acabé liándome con una puta en Alejandría que —no le contaré toda la historia, pero por quien tengo esta cicatriz en la ceja— me quería matar. Ella no me daba miedo, pero no me gustaban las compañías con las que andaba. Por eso decidí coger un barco para Europa. Pagué el viaje tocando en uno de los bares del crucero. La mayor parte del público eran nórdicos borrachos. Nunca he visto tantos juntos, ni cuando estuve en Suiza unos años después. Trabajé en una pizzería en Italia (de ahí me viene el gusto por las pizzas, es casi una enfermedad), en Trieste. Ese verano fui a Suiza a hacer unos trabajos extras y acabé quedándome.

Volví a tocar en bares y la vida me iba bien. Compré una casa en los alrededores de Zúrich, con un pequeño huerto, y fue entonces cuando decidí escribir *La banda de los siete minutos*. Creo que recibí más cartas de rechazo que ejemplares había enviado. Después, ya conoce el desenlace: acabó en la chimenea. Aún escribí otra novela, que contaba la historia de un hombre que no llegó a nacer. Su madre estuvo preñada hasta que se murió. El hijo vivió siempre dentro del útero. Era una parábola de nuestras limitaciones, del miedo a lo desconocido, de arriesgar, de todas esas cosas. Sabe, señor Dresner, vivimos todos muy por debajo de nuestros límites. Vivimos en el garaje de un palacio, o en un sótano, es lo que hacemos, como un feto que no sale nunca del útero. El personaje era apenas uno de nosotros que no quería salir de su mundo para ver la luz. Era una narración kafkiana. Las editoriales, vaya a saber por qué, la rechazaron con toda su capacidad para rechazar. Entretanto, cuando llevaba el original de *El hombre que no llegó a nacer* —así se llamaba la novela— para su valoración en una editorial de Zúrich, me vi en medio de una confusión entre un autor cualquiera y los empleados de la editorial. Sobre el escritorio del vestíbulo había un sobre. Leí, claramente, el nombre de Thomas Mann. Me pareció extraño, porque había muerto hacía ya unos años, aunque era probable que lo hubiera enviado alguien a quien le habían entregado aquel inédito. Al menos es lo que yo creo. Bueno, en aquel momento, fue un impulso. No fue una acción premeditada: voy a robar el original de Thomas Mann, lo edito como si fuera mío y me convierto en un gran hombre de letras. Nada de eso, fue solo un impulso estúpido. En mi vida había robado nada. O mejor dicho, robé, pero esas cosas que todo el mundo ha robado: el bolígrafo de una empresa o la goma del compañero. El material de oficina robado no le convierte a uno en un ladrón, ¿verdad que no? Pero tuve aquel impulso, escondí el sobre debajo del abrigo y volví a mi casa. Estaba tan nervioso que no podía pensar. La semana siguiente tuve esa idea, que en el fondo es la conclusión lógica de aquel hurto: salir del país y editar el libro de un Premio Nobel como si fuera mío. Fue lo que hice, con un triste desenlace, ya lo habrá adivinado: recibí los mismos rechazos que de costumbre. Unos tras otros. Creo que conozco todas las editoriales del mundo.

—No conocía la mía.

—Cuando digo todas las editoriales del mundo, estoy exagerando. En el fondo es lo mismo que decir que Dios lo sabe todo. O que es plenamente bondadoso. ¿Y su editorial?

—¿Qué le pasa?

—¿Edita?

—Edita. ¿Tiene algo para mí?

—Algo haremos —dijo Mathias Popa—. Ha sido un placer esperarlo medio siglo.

Isaac bebió el vino de un trago y volvió a casa, dejando a Popa dormido en el sofá.

Dentro de los pájaros está muy oscuro

ISAAC DRESNER DURMIÓ como una piedra lanzada al mar y se despertó lleno de energía, con ganas de comerse varios cruasanes. Se comió dos.

—Los pájaros comen semillas —dijo Bonifaz Vogel cuando entró a la cocina—. No entiendo por qué no les crecen árboles dentro.

—Creo que los vegetales necesitan luz para crecer y dentro de los pájaros está muy oscuro. Dentro de los hombres está más oscuro todavía.

—Cuando cierro los ojos, veo luces. Si está oscuro, ¿de dónde vienen las luces? Cuando sueño todo está iluminado, si no no se vería nada. ¿De dónde viene esa luz, Isaac, de dónde viene esa luz?

Vogel tenía una mancha de orina en los pantalones. Volvía siempre así del cuarto de baño. No era capaz de sacudirse con eficiencia o paciencia. Isaac lo cogió, con sus dedos amarillos de nicotina, y lo obligó a volver al baño.

—Estoy triste por causa de la condesa.

—Señor Vogel, si no está contento con el rumbo de los acontecimientos —dijo Isaac—, solo tiene que hacer algo muy sencillo: juntar los dos pies, concentrarse y dar un pequeño salto en vertical. Cuando sus pies toquen de nuevo el suelo, la realidad del suelo, cuando abandonen ese instante celeste que es el salto, cuando toquen el suelo, le estaba diciendo, provocarán un pequeño temblor que alterará la dirección del universo. Si iba en un sentido determinado, un sentido que, por cierto, no le gusta, basta saltar para ver cambiar el rumbo. Como el temblor es muy pequeño, los efectos no se notan de inmediato, aunque, si pudiera ver el futuro, vería que fue diferente del futuro en el que no saltó. La vida está hecha de esos pequeños saltos.

—Ya he saltado, Isaac, y no pasa nada.

—Hay que tener paciencia, señor Vogel, paciencia. Sacuda bien para no salpicar los pantalones. Así.

—Ya no soy joven, Isaac, hay partes en mi cuerpo que incluso son viejas. Amo tanto a la condesa.

—Se ve enseguida que no entiende nada de destinos y esas cosas. ¿Se ha dado cuenta de que cuando llama a un gato (¿se acuerda de Luftwaffe, señor Vogel?) raramente corre hacia usted en línea recta, sino que dibuja una parábola, una curva? Los gatos saben muy bien cómo conseguir lo que desean, son depredadores exactos, eficaces, y lo hacen en arco, describen curvas en su andar. Así es nuestro destino, hacemos curvas y parábolas para que se cumpla a la perfección. Lo redondo es la distancia más corta entre dos puntos. Hay que tener paciencia (que es nuestro sentimiento más esférico).

—Estoy triste a causa de la condesa.

Cartas de amor, golondrinas

—El señor Vogel anda triste —dijo Isaac Dresner a Tsilia—. Dice que ama a la condesa, esa señora que ve cuando hacemos la compra, la que va siempre muy maquillada y con el cuerpo pasado de moda. Se queda mirándola, en la sección de las conservas, en la de los alimentos frescos. La sigue y a ella parece que le gusta. No han intercambiado una palabra, lo que es un alivio. Parece que ninguno de los dos es muy hablador.

—Anda triste, yo también lo he notado —dijo Tsilia—. Habla con él, aconséjale, dile que hable con ella. Que le hable de los pájaros y de Dresden (es triste, pero es hermoso).

—Ya lo he intentado, pero inmediatamente se le nublan los ojos y empieza a sollozar. Dice que le entra frío, aunque creo que confunde el temblor del nerviosismo, de la tristeza, de la melancolía, con la falta de calor. La chica de la caja dice que la señora se llama Malgorzata Zajac y es una aristócrata de origen polaco.

—Deberías escribirle en nombre de Bonifaz. A él le gustaría.

—¿Escribirle qué?

—Cartas de amor.

Epístolas a la condesa

Querida condesa:

ME ATREVO A ESCRIBIRLE ESTA CARTA, pero mis huesos se marchitan por el tiempo. No por el tiempo que pasa por nosotros, sino por el tiempo que se infiltra en el esqueleto, en la médula, y nos produce ese reumatismo singular que es el hecho de pasar junto a la vida. No es el tiempo el que nos envejece, sino el tiempo malgastado. Y el mío, sin su presencia, condesa, me marchita los huesos. Pero qué hacer si, cuando la veo con la bolsa del pan, en el supermercado, contemplando las conservas, me quedo sin las palabras que me componen. ¿Sabía, amada condesa, que el hombre se compone de veintisiete letras? Un alfabeto que el Eterno sabe articular en esto que somos. Para Él somos solo letras y números. Dicta un libro para cada uno de nosotros, sea una piedra o un hombre, o un tarro de judías. La combinación de las letras hace de nosotros estos animales que se distinguen de las piedras porque sabemos lo que significa el interés de un crédito. En realidad, creo que las piedras que vemos por ahí no son los minerales que creen los geólogos, sino restos de corazones humanos, de esos humanos que se levantan temprano para ir a trabajar y que no saben amar profesionalmente. Así es como nacen las piedras, de restos de corazones. He visto una guerra al lado mismo de mi tienda de pájaros y sé que eso hace que todo se convierta en piedra. Cuando miré Dresden, era un montón de piedras. ¿De dónde vienen las piedras que produce la guerra? Del pecho de los hombres, es evidente. Sus corazones, los de los hombres de la guerra, eran esas piedras muertas. Las piedras y el polvo que se veían por todas partes.

Sin embargo, cuando un hombre sabe amar como yo, crece hierba en el campo y los pájaros cantan dentro de nosotros (no fuera, como creen los compradores de canarios). Los trinos de un ave canora se oyen dentro de nosotros. Las personas mal informadas creen que provienen del canario, pero es nuestra alma la que tiembla cuando oye el canto de un pájaro. Así nacen los trinos. De almas que tiemblan. Por eso, condesa, la mía es un pequeño temblor de tierra cuando la veo. Con la bolsa del pan, contemplando las conservas. Toda su figura, cuando la miro, es un trino canoro.

Con esta carta, queridísima condesa de mis ojos, solo quiero mostrarle cuánto se puede ser amado. El amor no es infinito como dicen los poetas. Ni siquiera el mío es infinito, cuanto más el de las otras personas. Lo que es infinito es el objeto de nuestro amor finito. Para mí, condesa, usted es el infinito. Yo solo soy alguien que sabe contemplar el horizonte que usted es, madame.

Con amor,
Bonifaz Vogel

Mi adorada condesa:

Me gustaría llevarla a tenderse conmigo bajo el sol africano, pernoctar quizá en el Polana, tomarla por sus curvas y bailar hasta que se rindiera la orquesta. Las sillas apiladas sobre las mesas y el último aliento de los músicos aún tocaría una pésima versión de *Stardust*. «Sometimes I wonder why I spend the lonely night dreaming of a song». La agarraría por el alma, y la arrastraría por las calles de mi pecho, y seríamos una sola persona que baila, sería tal la sincronía de nuestros suspiros. «The nightingale tells his fairy tale of paradise where roses grew». Dejaría que sus labios fueran dos palabras rojas pegadas a mi boca, la palabra de arriba y la palabra de abajo, las dos palabras, en fin, que construyen el mundo. «And the dreams come true and each kiss an inspiration, but that was long ago». Iríamos a nuestra habitación que sería la arena de la playa, repleta de noche, abrazados a una botella de champán que habría robado en el bar. Al día siguiente, si acertáramos a despertar, comeríamos curri de camarones mirando el mar, oh, qué índico es ese que son sus ojos. ¿Le gusta el curri? Seguro que sí, la he visto comprar un tarro en el supermercado. «Now my consolation is in the stardust of a song. Beside a garden wall when stars are bright you are in my arms». Era un tarrito de curri, ¿a que sí? Quiero creer que sí. Por el color, podría ser azafrán. Querida condesa, a veces el amor crea un nuevo espectro de rarefacción de la luz y lo que para unos es amarillo, para una persona enamorada, voluminosamente enamorada, puede ser un arcoíris.

Por eso, el tarro podría ser otra cosa, pero el amor sigue siendo el mismo. O incluso otro. Aunque si fuera otro, sería mayor.
    Suyo,
    Bonifaz Vogel

    Adoradísima condesa:

Sé que el mundo es muy pequeño. No lo digo porque viva en un apartamento de cuatro habitaciones dividido entre tres personas. Lo digo porque el mundo es demasiado pequeño para una pasión tan grande. Al mismo tiempo, por más que extienda mis brazos, mi alma, hacia usted, no consigo tocarla. Mire qué contradicción. Por un lado, no quepo en el mundo, por otro no consigo tocar a alguien que ha estado tantas veces a unos centímetros de mí, contemplando las conservas. Me falta la voz cuando la miro y remiro. Aunque últimamente no la veo. ¿Ha cambiado de supermercado? Volviendo a los espacios que las cosas ocupan, yo podría escribir un ensayo extenso, de páginas amplias, de letras inacabadas, letras que se puedan leer hasta el infinito. La distancia y todo lo demás es algo complejo. Si el Eterno, un día, desvelara ese secreto, cambiarían muchas cosas. Algún día seremos capaces de entender cómo puede ser que una cosa finita encierre cosas infinitas y cómo puede ser, por ejemplo, que un corazón tan devoto como el mío, tan pequeño, tan lleno de arterias y sufrimiento, pueda contener cosas tan extensas como el amor. Cosas tan espaciosas como la pasión. Sepa, querida condesa, que yo creo en el Eterno como un niño que hace un dibujo. Creo que el próximo dibujo será mejor. Eso es lo que pienso de Él: su próximo universo será un dibujo mejor. Él también está creciendo: no es una casualidad que todo esté en expansión, no es una casualidad que seamos tratados como juguetes.

Así, el Eterno, disponiendo todo el tiempo del mundo, podrá recrear todo lo que existe y lo que no existe. Y nosotros dos, adorada mía, tendremos una eternidad de nuevos esbozos, cada vez mejores, para encontrarnos uno dentro del otro como esas muñecas rusas. Yo dentro de usted, y usted, condesa, dentro de mí, *ad infinitum*.

¡Ah, si la ciencia la viera como la veo yo no seguiría mirando estrellas a través de un telescopio! Usted, condesa, es la mejor explicación del universo. Bastaría contemplar su perfil para saberlo todo, adivinar cómo nacieron las estrellas y cómo nuestros corazones se convirtieron en planetas que giran en torno a la infelicidad.

Eternamente,
Bonifaz Vogel

Estoy escribiendo un nuevo libro

El letrero decía:

«Humillados & Ofendidos»

Mathias Popa subió las angostas escaleras. La librería era muy pequeña, un cubo de infelicidades. En medio había una isla donde destacaban los libros publicados más recientemente. En las estanterías había otros, más antiguos, que rodeaban el espacio. Era todo de madera solemne y los libros tenían portadas que parecían celdas de monjes, muchas veces monjes cartujos, tal era la simplicidad. Sobre un escritorio que hacía de mostrador, había una reproducción de un cuadro de Brueghel, *El triunfo de la muerte*, con la leyenda: «Dresden 1945». Mathias Popa recorrió el espacio necesario para llegar junto a Isaac Dresner:

—Estoy escribiendo un nuevo libro.

—¿Sobre qué? —preguntó Isaac Dresner.

—Qué sé yo. Sobre el amor o sobre el odio, la condición humana, esos misterios. ¿De qué tratan los libros?

—Esperaba que fuera más específico.

—¿Ha oído hablar de la familia Varga?

—Claro. Vivían en Dresden, como yo —respondió Isaac Dresner.

—Entonces vivíamos todos allí.

—¿Usted vivía en Dresden? ¿Antes de la guerra?

—Antes y durante. Vi como se desmoronaba todo, como el cielo vertía toneladas de bombas. Las personas volaban como en un cuadro de Chagall. Era todo muy artístico, pero un poco macabro. Fueron tiempos difíciles. Hitler perjudicó una pizca a los judíos. Usted escapó, ¿eh?

—Eso parece. Me asombra que haya vivido en la misma ciudad que yo.

—¿Por qué? Allí había mucha más gente. Es normal que un día se encuentren. Pero escuche, estoy escribiendo sobre Dresden. Sobre los Varga y sobre Kokoschka.

—¿El pintor?

—Sí, aunque él no interesa demasiado en la historia. No es de mis preferidos. De esa época, me gusta mucho más Schiele e incluso el otro, Klimt. Pero lo que importa es la muñeca que fabricó Hermine Moos, la muñeca que mandó construir Kokoschka. Eso es lo que cambió el universo, y, por encima de todo, mi vida. Le explico más cosas la semana que viene. Venga a comer conmigo a la pizzería.

Isaac Dresner cojeaba por su pasado

Las comidas entre Isaac Dresner y Mathias Popa se fueron sucediendo a un ritmo semanal. A veces era Isaac quien cojeaba por su pasado y Popa lo escuchaba. A veces era Popa quien luchaba contra sus recuerdos e Isaac lo escuchaba.

—Este libro que estoy escribiendo es muy importante para mí. Es el último —dijo Popa.

—¿Por qué?

—Me estoy muriendo y, personalmente, es muy importante dejar escrita esta historia. Un sumerio, Enmerkar, fue condenado a beber agua podrida en el Infierno mesopotámico por no haber querido dejar escritas sus hazañas. Para mí, no hay pecado mayor que ese. Y el castigo es deprimente, imagine toda una eternidad mesopotámica bebiendo solo agua. El agua, para mí, ni podrida. Otra cosa: he decidido que usted, amigo mío, entrará en este libro. No lo entiende todavía, pero cuando se vea escrito, mucho más grandioso de lo que es, verá cómo tengo razón. Se sorprenderá de sí mismo, con la boca abierta de asombro.

—¿Seré uno de sus personajes?

—Al contrario, señor Dresner, es usted un personaje de mi personaje. Mi creación es mucho mejor, más perfecta que usted, más alta y más todo. Sepa que me impresionó mucho la historia que le sucedió en una caverna.

—No era una caverna, era una bodega. La construyó mi padre cuando ya había empezado la guerra.

—¡Una bodega, claro! Cómo me he podido equivocar, es ahí donde se guarda el vino. Pero, en el fondo, todo es lo mismo: una caverna, un sótano, un pozo, el submundo, el infierno, Egipto, las finanzas, todo el mismo arquetipo. Nunca he tenido valor para adentrarme en la oscuridad. El sufrimiento me ha pasado un poco de lado. Es cierto que no me gustan las guerras, ni las mujeres sin caderas espaciosas, pero, por lo demás, me afectan pocas cosas. Prefiero el vino y las pizzas al sufrimiento. Debe ser por eso que estoy hecho un guiñapo. Como el señor Dresner, que no hace justicia al agujero donde estuvo metido y no pasa de ser una voz cansada, deprimida, olvidada ya de su juventud, que trascurrió contando las letras de la Torá, leyendo el Zohar y creando *golems* debajo de la cama. Yo lo sacaré de esa jaula con la ayuda de un libro que habla de una muñeca. Usted no pasa de ser una sombra de la caverna de Platón. Mi personaje es su verdad. Si algún día sale de la bodega donde vive, verá que no ha pasado de ser una pálida imitación de sí mismo.

—Usted apenas me conoce.

—Nos hemos visto unas cuantas veces, eso me basta. Tengo una enorme capacidad para ver a las personas como realmente son y no como se muestran o se visten en este mundo. Entiendo a una persona solo con mirarla.

—Seguro. Estoy deseando leer su libro. ¿Dice que se está muriendo?

—Me estoy muriendo, sí. Como todos nosotros, pero yo ya tengo un plazo definido por los médicos, no sé si me entiende. Dicen que es en el cerebro y no se puede operar.

Tampoco me gustaría ver cómo unos extraños reburujan en mi cabeza. Vaya usted a saber qué ideas descubrirían.

—Lo siento mucho.

—No lo sienta. Véalo por el lado positivo. Hay siempre un lado positivo. Observe que el bigote de Hitler tenía su gracia en Charlot. Y el bigote de Charlot era abominable en Hitler. Una misma cosa, si cambiamos el contexto, determina nuestra alegría o nuestra tragedia. Duchamp acertó con lo del orinal: es el contexto el que crea el arte y el drama y la desgracia y la infelicidad. Ponga mi muerte en un contexto favorecedor. Verá que no cuesta nada. Ponga el bigote de Hitler en Charlot. Escuche: de aquí a dos meses tendré el libro listo. Los médicos me dan más tiempo, pero no me quiero arriesgar. Los médicos son como los meteorólogos: nunca aciertan el tiempo.

Mathias Popa

Mathias Popa nació en Dresden. Es un músico excepcional que tocó con grandes nombres del *jazz*. Este es su tercer libro. Fue autor de *El libro del* éxodo y *La confesión de un ladrón*. Vive en París en un continuo desespero. Su única compañía son las pizzas y el vino tinto.

La muñeca de Kokoschka:
Historia de Anasztázia Varga

Capítulo 1

ANASZTÁZIA VARGA, ABUELA DE ADELE, era hija de un húngaro excéntrico y millonario (o viceversa), que era padre de más de cincuenta hijos, solo ocho legítimos, llamado Zsigmond Varga. Anasztázia estaba incluida en esta última categoría y era la más joven. Siempre fue un personaje simpático que sabía sonreír y tenía esa trágica característica que se llama altruismo. Era incapaz de pasar junto a la miseria sin conmoverse profundamente. En muchas ocasiones le corrían las lágrimas por las mejillas sonrosadas, le bastaba leer un libro que describiera la pobreza o pasar junto a un mendigo a la entrada de la iglesia. Anasztázia Varga tenía la cara redonda, con pómulos marcados, muy al estilo magiar, nariz fina, casi como la lámina de un cuchillo de cocina, labios más finos todavía, dientes muy blancos, unos al lado de los otros, sin prisas, sin yuxtaposiciones, sin desvaríos, en un maxilar que, de tan perfecto, parecía artificial. El cabello era liso y oscuro, como el alma humana. Incluso las más luminosas. Su vida no tenía mucha historia excepto una que marcaría su destino de modo tan acentuado que le haría crecer una pequeña semilla de locura y un embarazo no deseado.

Sucedió en el año 1946, un tiempo convulso. La Segunda Guerra Mundial había acabado —y había acabado con Dresden— y la familia Varga se había desmembrado sin muchos supervivientes. Todos los hombres de la familia habían muerto en la guerra, algunos heroicamente, otros cobardemente, otros accidentalmente. A los bombardeos infinitos (porque son explosiones mucho más profundas de lo que atestiguan los cimientos de los edificios) a los que se vio sometida la ciudad, y que mataron a muchos miles de civiles, solo sobrevivieron Anasztázia, el propio Zsigmond Varga y cuatro nietos que habrían de morir de escarlatina unos meses después de acabada la guerra. Mientras que los recursos médicos eran escasos, los recursos de la Muerte eran, como han sido siempre, demasiado vastos: a veces huimos de un oso para encontrarnos con un nazi; a veces huimos de un león para encontrar un microbio devastador alojado en nuestros órganos. Huimos de lo que está fuera y corremos con el enemigo dentro de nuestro cuerpo. A veces sobrevivimos a un holocausto para ser alcanzados por un estreptococo beta hemolítico del grupo A.

Capítulo 3

UN DÍA, ESTABA ANASZTÁZIA paseando por una de las márgenes del Elba, con una criada, cuando oyó un gemido sordo casi mezclado con las aguas del río. La criada aceleró el paso cogiendo a Anasztázia por el brazo, pero esta, por el contrario, desaceleró intentando distinguir de dónde venía aquel lamento oscuro. Eran poco más de las dos de la tarde, pero la imagen era nocturna. Un negro gigante estaba tendido junto a un muro bajo. Anasztázia no lo dudó y envió a la criada en busca del doctor Braun, que era el médico de la familia. Mientras tanto, sin saber qué hacer, se quitó el abrigo y cubrió a aquel gigante que temblaba de fiebre con los ojos volteados, mostrando todo el blanco que poseían. Después, Anasztázia le cantó unas canciones, desafinando muchas veces.

Capítulo 5

Cuando Braun llegó con un enfermero y la criada, se dieron cuenta enseguida de que necesitarían más gente para transportar a aquel hombre.

—Está muy enfermo —dijo Braun—. Lo más probable es que no resista. Es una neumonía. Lo llevaremos a mi casa, pero dudo que podamos hacer algo. Por otra parte, necesitamos más gente.

Se volvió al enfermero y le dio algún dinero:

—Contrata a dos hombres que puedan cargar peso para que nos ayuden.

El enfermero apareció con un hombre pelirrojo, de espalda ancha y gorra marinera que allí, en Dresden, le daba un aire completamente extravagante. El otro era un mendigo que no parecía poder ser de gran ayuda: encorvado y viejo, de barba sucia. Se reveló como un hombre enérgico, seguramente mucho más joven de lo que aparentaba la desgracia que podríamos llamar su apariencia física. Ambos hablaban con demasiada grosería, pero Anasztázia estaba bastante acostumbrada. Ya había visto mucho. El médico los amonestaba constantemente, sin éxito.

El negro enorme fue trasladado a casa del médico, donde lo dejaron en una habitación que este poseía en la parte trasera y que servía para emergencias como esa. Era un espacio cubierto de hiedra que quedaba a unos siete u ocho metros de la casa principal. La habitación, aun siendo pequeña, estaba siempre fría, debido quizá a la propia construcción y a la distancia que la separaba de la casa. La antigüedad de los portones y las ventanas tampoco ayudaba.

El enfermo tosía y temblaba, pero quien miraba aquel cuerpo de catedral no dudaba de su capacidad para vencer cualquier enfermedad. Anasztázia no dejó de visitarlo ni un solo día, permanecía en su cabecera durante horas, muchas veces cogiéndole la mano y poniéndole compresas húmedas en la frente, cuando la fiebre subía demasiado. Le cantaba, no siempre afinada, le rezaba y leía libros, y el hombre se fue recuperando. La tos fue aflojando, la fiebre fue desapareciendo y el doctor Braun supo mantener la discreción. No era de buen tono, para Zsigmond Varga, que una joven como Anasztázia se dedicara a actividades tan cristianas. Así pues, el padre de Anasztázia no se había enterado de lo que sucedía.

Eduwa, que era el nombre del hombre, se levantó un día y el doctor Braun lo encontró en la parte de atrás, con un hacha, cortando leña. Tenía el torso desnudo, a pesar de las temperaturas negativas, y su cuerpo exhalaba salud y gotas de sudor. En cada hachazo, Eduwa soltaba un gruñido que podía paralizar el viento. El doctor Braun lo reprendió, ya que Eduwa necesitaba reposo. No pareció entender, porque siguió cortando leña con su físico imponente. Braun comprendió que se había recuperado, pero en su casa no había sitio para él. Anasztázia se apresuró a conseguirle un trabajo que le permitiera vivir con dignidad. Como ella tenía a su cargo, más o menos, la intendencia de la casa de los Varga, no fue difícil conseguirle un trabajo a Eduwa como jardinero en la propiedad de su padre.

Capítulo 8

LA PROPIEDAD DE LOS VARGA tenía, junto a la calle, una hermosa casa, con un terreno bastante grande —considerando que estamos hablando del centro de una ciudad— lleno de árboles frutales y ornamentales, plantas aromáticas y muros de piedra. La casa había sido proyectada por el arquitecto húngaro Imre Lakatos y tenía siete pisos. Era una copia exacta de otra que el millonario había encargado construir en Budapest. En esas dos casas, primero en Budapest, después en Dresden, vivieron, hasta que estalló la guerra, los hijos legítimos de Zsigmond Varga. Anasztázia nació en Dresden y nunca conoció la copia húngara de la casa. Tampoco conoció a su hermana mayor, llamada Lujza, que había sido repudiada y expulsada del hogar debido a una pasión prohibida.

Eduwa vivía feliz allí. Todos los días cogía flores que dejaba junto a la habitación de Anasztázia. Ella lo tenía de confidente, y él permanecía callado, escuchando. Anasztázia le hablaba de sus temores, de sus amores, de ropa, de indecisiones, y Eduwa escuchaba callado, con su cuerpo profundo, sus manos abismales y su silencio lejano. Ella apoyaba su cabecita en el hombro del gigante y a él se le humedecían los ojos. Cuando ella suspiraba, él inspiraba moviendo las piernas por los nervios. Ella le pasaba la mano por la cara envejecida por la infelicidad (que envejece mucho más que el tiempo) y él se conmovía más todavía, y sentía calentarse su piel negra como si hubiera brillado alguna vez el sol sobre él.

Eduwa vivió feliz durante unos meses, hasta que alguien le contó a Zsigmond Varga que su hija Anasztázia tenía una relación íntima con el jardinero. La relación era de padre a hija y viceversa, ella hablaba un poco con él, le daba comida, le sonreía, y poco más. La comida que Eduwa recibía de Anasztázia la compartía con los demás trabajadores de la propiedad. Sin duda, fue una de estas personas que tantas veces había comido el pan de Eduwa, la que le dejó una nota a Zsigmond Varga denunciando las preferencias de Anasztázia. El viejo, implacable como era, cogió un arma y corrió a la cabaña del jardinero. Anasztázia también, lo que salvó a Eduwa, pues esta no soltó al padre y el arma disparó al cielo fallando a Eduwa, aunque acertando en el destino. El jardinero huyó y corrió a casa del médico. Al día siguiente, el doctor Braun envió un recado a Anasztázia: Eduwa estaba en su casa. Muy nerviosa, corrió a casa del médico, y, después de analizar la situación, Anasztázia decidió que arrendaría un pequeño apartamento con la mensualidad que le daba su padre. Al final, la mensualidad no era tan grande, pero Eduwa pudo vivir en un pequeño cuarto que formaba parte de un edificio público. Siempre que podía, Anasztázia le llevaba comida y discos (ya que le había regalado un gramófono). En ocasiones bailaba con él, a pesar de su turbación y su rigidez. Eduwa se movía como una cuchara de palo removiendo la sopa. Anasztázia lo cogía por la cintura (que le llegaba al pecho) y giraba con él intentando llevar aquella montaña de infelicidad. En esos momentos de turbación, Eduwa sonreía, medio negro, medio colorado, mirando arrobado hacia abajo. Muchas veces babeaba y sorbía la saliva en un acto desesperado, para no ensuciar el hombro de Anasztázia. Un día, en el otoño de 1948, Anasztázia llevaba a su protegido, en un cesto de mimbre, una gallina al horno. Cuando llegó con el olor de comida recién hecha, encontró a Eduwa acurrucado en un rincón, probablemente se había caído de la cama, envuelto en unos trapos, temblando. Tenía mucha fiebre, los ojos inyectados en sangre, el cuerpo agitado, como un abanico, una tos espesa capaz de arrancar árboles por la raíz. Esta vez, cuando el doctor Braun llegó junto a él, fue solo para retrasar lo inevitable. Eduwa acabaría muriendo. Como era tan feliz al ver el rostro de Anasztázia junto a él, pronunció una frase que sellaría el destino de la muchacha: le pidió que pagara aquella felicidad con una ofrenda a Oxum. La agarró del brazo y le hizo prometer que lo haría. Cuando Anasztázia le preguntó dónde debía hacer esa ofrenda, respondió con la simplicidad de costumbre: en África, en Nigeria.

Capítulo 13

OTRA PERSONA SE HABRÍA olvidado de aquella petición malsana, habría acariciado la mano moribunda y se habría despedido con un beso en la frente y algunas lágrimas, pero Anasztázia cumpliría el ruego de Eduwa. Enterró al amigo y, al día siguiente, habló con su padre: quería viajar, conocer mundo. Necesitaba dinero. Zsigmond Varga ni siquiera levantó los ojos de su escritorio. Se limitó a abrir un cajón y a entregarle un grueso fajo de billetes.

—Será suficiente —dijo—. Viajar hace bien al espíritu y es mejor que perderte en sentimentalismos. Los perezosos a los que tienes por costumbre querer ayudar lo que necesitan es un látigo. Cuando tienen dinero se emborrachan, no trabajan, no hacen de ese dinero más dinero. Con unos azotes, producen algo. Si los quieres ayudar tienes que azotarlos como a los animales. Un burro sin yugo es un onagro. ¿Vas primero a París o a Londres?

—A París —respondió Anasztázia, sin precisar que de París partiría a África.

El padre no respondió. Se había inclinado de nuevo sobre sus enigmáticos papeles abarrotados de números y gráficos.

Anasztázia llegó a París el mes siguiente con una maleta casi de su tamaño. No fue directamente a Nigeria porque quería aprovechar el viaje para conocer mundo. Eso incluía París y algunos países europeos, pero también todo el norte de África.

Capítulo 21

EN SEPTIEMBRE DE 1949, mientras Anasztázia viajaba, se fundó la República Federal de Alemania y ese mismo día Zsigmond Varga exhalaba su último suspiro. Hizo una comida ligera, incapaz de contener un vino demasiado espacioso. Decidió caminar un poco para hacer la digestión y se dirigió al pabellón donde guardaba su colosal colección de mariposas, vivas y muertas. Uno de los jardineros lo encontró en el suelo, jadeante, con las mariposas (*Papilio demodocus*) revoloteando sobre el moribundo. El jardinero se agachó para oír lo que decía, pero lo único que consiguió entender fue la palabra balanza. Cuando Varga expiró, le cerró los párpados y corrió a avisar al resto de los empleados. Varga quedó tendido en el suelo con la boca abierta. El doctor Braun, al enterarse de lo sucedido, corrió a casa de Zsigmond Varga y alejó a los criados. Unos lloraban hacia afuera, otros sonreían para sus adentros, otros hacían ambas cosas. Braun los ahuyentó del pabellón con palabras bruscas y gestos graves, y se quedó con la sola compañía de un policía que, después de llegar el médico, se mantuvo respetuosamente alejado del cuerpo. Braun se inclinó sobre el cadáver del millonario y le pareció ver una mariposa saliendo de la boca del muerto, como si fuera el alma del viejo. El médico se quedó paralizado observando el vuelo, que chocaba con los rayos del sol que perforaban las nubes y los cristales del gigantesco invernadero. La mirada del médico siguió a la mariposa hasta perderla de vista, confundida con la luz de las tres de la tarde que entraba en el edificio. Braun se frotó los ojos para recuperar la visión dolorida por la intensa luz del sol, volvió a mirar hacia abajo y cerró la boca completamente abierta de Varga (parecía una "o" grande, parecía la boca abierta de un hombre sin alma). Redactó el acta de defunción e intentó avisar a las dos hijas, Anasztázia y Lujza, las únicas personas a quienes podía interesar la muerte de Zsigmond Varga. Braun, que pretendía dar la noticia de un modo más personal, quiso adelantarse a cualquier medida legal tomada por el abogado de Varga y anunciar el deceso él mismo, pero no consiguió localizar ni a una ni a otra de las hijas legítimas del millonario. Al final, fue el abogado de la familia quien encontró a Lujza y Anasztázia. Descubrieron a la primera en un cementerio de Múnich, muerta hacía más de diez años. La segunda continuó sus viajes durante dos años y medio sin enterarse de la muerte de su padre. Había escrito una sola carta durante todo aquel tiempo, cuando el padre vivía todavía. El abogado pudo contactar con ella en el Hotel Lagos, en el Reino de Dahomey. Con alguna artimaña, Anasztázia recibió parte de la herencia de Varga, solo lo que pudo: algún dinero de ventas, algún dinero en el banco, algunas propiedades en París, Estrasburgo, Fráncfort y Núremberg.

La muñeca de Kokoschka:
Adele Varga

Capítulo 34

SACÓ UN CIGARRILLO. Apoyada en la pared, Adele sacó un cigarrillo.

Capítulo 55

ADELE VARGA TENÍA UNA ABUELA en la cama. Enferma y sin demasiadas esperanzas, o eso decían los oráculos médicos. Acostada, esperaba la muerte, aunque era una de esas personas capaces de tirarse, como algunos luchadores, para lanzar mejor un golpe a las piernas del adversario. Anasztázia Varga tenía una resistencia coriácea y quería mantenerse con vida. No se aferraba a la cama, como se decía, sino a la vida. Adele pasaba muchas horas a su lado, leyendo en voz alta, la mayoría de las veces. Otras, escuchaba la historia de la vida de su abuela, una historia más larga que el segmento de una recta infinita. Había oído muchas veces el momento en el que Anasztázia se enamoró. Volvía de Nigeria, en barco, después de hacer la ofrenda a Oxum, cuando conoció a un alemán, moreno como un gitano español y diestro en palabras subterráneas, de las que entran por túneles al alma de las personas. Decía que había sido algo fulminante, como la creación del universo, un *big bang* personal, antes no había nada y de repente estaba todo. Copérnico hizo que la Tierra diera vueltas alrededor del Sol y el alemán (con aire gitano) hizo que el universo girara a su alrededor. Pasaron días de fervor religioso en sexo inacabable. Un día, él se levantó de la cama, callado, se vistió y salió sin que Anasztázia llegara a comprender lo que había sucedido. Salió y no volvió, pero el destino se había cumplido. Cuatro semanas después, Anasztázia supo que estaba embarazada. Nunca más oyó hablar de Popa. Anasztázia se resignó sin resignarse jamás. Vivía las memorias de aquella pasión y era incapaz de ser feliz más allá de esos recuerdos. Se casó en París con un hombre cumplidor, de aspecto cumplidor. De esa boda tuvo dos hijos y varias infelicidades. Nunca olvidó los momentos vividos en el barco que la trajo de vuelta a Europa. Era consciente de que aquellos momentos eran mágicos porque estaban inacabados, eran una obra abierta, un destino de posibilidades, sin el desgaste de una vida en común. Las grandes pasiones viven de eso, de la falta de verdadera intimidad. Para bien o para mal, aquella era una pasión violenta, virulenta, incapaz de dejarla vivir una vida de tedio con toda la banalidad que conlleva. Anasztázia Varga seguía suspirando, pasados todos aquellos años, por Mathias Popa. Se estaba muriendo y su único placer era ese nombre cayendo de sus labios como fruta madura, como desesperación madura.

Capítulo 89

Las memorias no se guardan solo en la cabeza, en todo el cuerpo, en la piel, sino también en cajas de cartón escondidas/ordenadas en armarios.

Adele oyó muchas veces aquellos suspiros y un día tomó una decisión: buscaría al hombre que era su abuelo. Estuviera vivo o muerto. Partió en dirección al armario, a la caja de cartón donde se guardan las memorias, para ver si encontraba alguna pista. Todo se resumía en una tarjeta donde podía leerse: «Kenoma et Pleroma, Lda.» y, en el dorso, el nombre: Mathias Popa. Otra tarjeta, de un restaurante italiano, tenía un simple «te amo» escrito con tinta permanente. Como debe escribirse el amor:

    con tinta permanente.

Adele, una vez que tuvo el nombre de la empresa y una declaración de amor permanente, decidió buscar al dueño de la tarjeta y del corazón de su abuela. No encontró nada, así que contrató a un detective. Su despacho no tenía un ventilador en el techo ni persianas de lámina. El hombre no vestía gabardina, ni siquiera fumaba. Nada se parecía a una película. Filip Marlov era un hombre robusto, de barbilla ancha y nariz de boxeador. Vestía tejanos, zapatos deportivos y americana. Adele le contó la historia de su abuela y le entregó una tarjeta y algún dinero. Marlov aceptó el trabajo.

—Acepto —dijo.

Adele esbozó una sonrisa enigmática y dijo que menos mal. Quería resultados rápidos, no tenía tiempo que perder. Si hiciera falta, pagaría más.

Capítulo 144

Filip Marlov se llenó los bolsillos de caramelos. Estaban en un plato sobre el mostrador de la librería de viejo. La luz de la mañana entraba presurosa por las hileras de estanterías, haciendo volar el polvo. Las ventanas en arco, de piedra, con cristales coloridos en la parte superior, tenían libros extendidos en los alféizares. El suelo de madera crujía.

—Quería hablar con Agnese Guzmán.

—Soy yo —dijo la mujer desde el otro lado del mostrador—. ¿Qué desea?

Llevaba un delantal blanco y un paño en la mano. Sus gafas, colgadas de la nariz, estaban sucias. Marlov lo veía claramente. Dos huellas dactilares nítidas en el cristal izquierdo, algo de polvo, una mancha empañada y otra oscura, más huellas en el cristal derecho.

—Me llamo Filip Marlov. Vengo por aquel asunto, el del libro...

—Sí, claro. Voy a buscarlo.

El detective repiqueteaba los dedos en el mostrador. Se pasó las manos por los cabellos —completamente lechosos, a pesar de ser negros— y volvió a tamborilear los dedos. Agnese Guzmán llegó con un libro en la mano. La imagen de la cubierta se componía de círculos concéntricos, diez, atravesados por un rayo de luz que provenía de los cuatro caracteres hebreos que componen el nombre de Dios. La edición era de 1978, de una editorial llamada Kenoma Et Pleroma Ltda. Marlov leyó el título —*¡Tzimtzum!*— mientras cogía el libro.

—¿Quiere un té? —preguntó ella.

—No, gracias.

—Voy a buscar la tetera.

—No hace falta.

—Es para mí.

—Ah, claro.

Filip Marlov volvió a mirar la cubierta del libro que tenía en la mano. Agnese Guzmán se alejó. El suelo apenas crujía. Volvió con una tetera humeante y se sirvió. Sus gafas se empañaron.

—¿Está seguro de que no quiere?

—Gracias.

Marlov, instintivamente, sacó un pañuelo y se lo entregó a Agnese Guzmán. Ella se quitó las gafas y limpió los cristales con una sonrisa. El detective hojeaba el libro.

—Hay un sobre dentro del libro —dijo Marlov—. Alguien lo ha olvidado...

—Forma parte de la edición. Al principio yo también creí que alguien lo había dejado olvidado, pero forma parte de la obra.

—Es extraño.

—El sobre contiene un capítulo adicional y un epílogo que desvela los verdaderos motivos del asesinato.

—¿Del asesinato?

—Sí. La historia, como se puede leer en la introducción, es verdadera. O eso alega el autor. Sabe, señor Marlov, vemos el mundo a través de cristales sucios. Incluso cuando llevamos gafas impecablemente limpias. Tenga su pañuelo.

—¿Cuánto es? —preguntó él.
—Ahí está escrito.
Sacó la cartera y pagó. Esperó a que envolviera el libro y salió presuroso.

Capítulo 233

ADELE SUBIÓ LAS ESCALERAS luminosas que conducían al despacho de Filip Marlov. La decoración era tan ridícula que no quedaría bien ni en un hotel de cinco estrellas. Adele se sentó en una sala de espera con televisión y revistas atrasadas. Parecía que estaba esperando al dentista. La secretaria era una mujer de unos cuarenta años, con gafas de pasta y el pelo teñido de amarillo. Tenía unas arrugas flácidas junto a los ojos que no la favorecían. Los pendientes dorados se alargaban en un exceso de decoración.

—Pase. El señor Marlov ya la puede atender —dijo entrando a la sala sin dejar de limarse las uñas.

Adele Varga entró al despacho y se sentó. Filip Marlov la saludó levantándose con una ligera venia.

—¿Y? —preguntó Adele con su estilo, directo a la barbilla.

—He encontrado este libro de esa editorial, Kenoma et Pleroma Ltda.

Adele cogió el libro. Tenía una imagen de la creación del universo, el logotipo de la editorial, el nombre del autor en letras negras, Joaquim Hrabe, y el libro se titulaba *¡Tzimtzum!*

—No ha sido fácil conseguir un ejemplar. No es mi especialidad encontrar este tipo de objetos. —Libros —corrigió Adele mientras hojeaba *¡Tzimtzum!*—. Es el nombre que se da a estos objetos.

—Eso mismo. Como le decía, no soy un especialista. Comencé hablando con un contacto que se mueve bien en esos medios, que me puso en contacto con otra persona que, a su vez, me dio un teléfono de...

—Sí, he pillado la idea. Y aparte de este libro, ¿qué ha descubierto?

—No he encontrado nada. He buscado libros de esta editorial porque no he conseguido encontrar ninguna información relevante sobre ella. No parece tener existencia física. He encontrado algunas direcciones relativas a eventos, eso es todo. Contactando con los responsables de los locales donde estuvo la editorial, nadie me ha adelantado nada importante. He conseguido dos direcciones. Una en España y otra en Bélgica. He comprobado que la dirección española ni existe ni ha existido nunca y que la dirección belga corresponde a una casa de chocolates establecida hace más de ochenta años, ochenta y siete para ser exactos (alardean mucho de eso, con razón, son muchos años haciendo bombones). Deme una semana más. Le conseguiré la dirección de ese Hrabe.

Capítulo 377

LA SEMANA SIGUIENTE Adele Varga subió las escaleras del despacho de Filip Marlov. Iba fumando y llevaba un sombrero blanco que había pertenecido a su madre. Saludó a la secretaria, que la hizo esperar un poco. Adele se sentó con las piernas cruzadas, balanceando la de encima. Pasados diez minutos salió un cliente del despacho del detective sin glamur. Un hombre sudado, con traje de franela. Parecía feliz con la reunión que acaba de tener. Dejaba un rastro de olor al caminar. Adele entró al despacho desprovisto de ventilador en el techo. Marlov llevaba un chaleco de cuero sobre una camiseta blanca. Un tatuaje con un dragón le asomaba por la manga, probablemente asfixiado por el sudor que se respiraba en la estancia.

—¿Alguna novedad? —preguntó ella después de darle la mano al detective.

—Verá, no es un caso fácil. El nombre del autor del libro que le entregué, el ¡*Tzimtzum*! ese, debe de ser un pseudónimo, imposible contactar con esos sujetos: un pseudónimo, lo acabo de descubrir, es un autor inalcanzable. Sabe, es como una de esas cosas que se cuelgan en las cerraduras de las habitaciones de los hoteles para mantener a las empleadas alejadas de nuestra cama destendida. Es una señal de ocupado, manténgase a distancia, eso es un pseudónimo. Sabemos que la persona está dentro del nombre, pero ni siquiera es posible espiar por la cerradura. Ha sido una semana intensa, intentando conseguir información a través de libreros y demás. He hecho un trabajo excelente, tengo que decírselo, he descubierto a un hombre que tiene en su poder varios libros de la editorial Kenoma et Pleroma Ltda. Uno de ellos es un libro de viajes llamado *Viajes más allá de la muerte*, escrito por un tal Moisés Kupka. Déjeme consultar mis notas: es un libro en el que el autor describe sus viajes por todo el mundo visitando tumbas y cementerios. Hay un segundo libro que se titula *Contracción divina*, de un individuo llamado Nicolás de Cusa. He investigado a este sujeto para ver si conseguía su dirección o su teléfono, pero era renacentista, una época sin telecomunicaciones. He descubierto que este Nicolás era filósofo y que el libro es una traducción del latín. Y, finalmente, hay un tercer libro, de otra editorial, pero el hombre, el dueño del libro, jura que pertenece a la editorial Kenoma et Pleroma Ltda. Es un libro de poesía de un tal Ladislau Ventura, un poeta portugués. Por lo que he podido investigar es otro autor que parece un jabón por lo resbaladizo.

—¿Ese hombre vende los libros?

—No los vende. Parece estar muy apegado a ellos.

—O sea, que durante una semana de trabajo, no ha conseguido ninguna información que pueda ser de utilidad.

—Eso no es exacto. El tipo no vende los libros, pero esta mañana he hablado con él personalmente. Vive aquí cerca, es un relojero jubilado. Como Dios.

Marlov hizo una pausa dramática antes de continuar:

—Es familiar de un escritor que ahora vive en Marruecos. Un autor que publicó en Kenoma et Pleroma Ltda.

—¿Tiene su dirección? ¿Ha hablado con él?

—Es un asunto muy extraño.

—¿Ah, sí?

—¿Conoce un libro titulado *The Club of Queer Trades*?

—No he oído nunca de él. ¿Ha hablado o no ha hablado con él?

—Le he telefoneado, pero no he entendido nada de lo que me ha dicho. Habla un francés con acento italiano, perfectamente claro. Tan claro que pude entender fácilmente que el contenido era incomprensible. No soy un imbécil, señorita Varga, o estamos ante un caso difícil, o el hombre lo complica a propósito. He retenido esto, que repitió más de una vez: *The Club of Queer Trades*. He investigado y he averiguado que es el título de un libro de un tal G. K. Chesterton. Lo compré y lo hojeé pero no he descubierto nada que pueda ayudar en la investigación. Creo que la única solución es hablar con él personalmente. Por eso, si quiere que vaya a verlo, necesito dinero para el viaje.

Adele no se lo pensó mucho antes de rechazar la ayuda del detective.

—Deme la dirección, yo misma iré a verlo.

Marlov así lo hizo, sin oponer resistencia. Adele se despidió y salió del despacho dejando tras de sí el halo de su perfume y un cheque. Sus piernas finas, moldeadas como lluvia que cae, le daban un aire extraordinariamente decidido. Cuando se levantaba y caminaba con su delgadez, la nariz fina y el pelo suelto, impresionaba a quien la miraba. La tensión con la que arqueaba las cejas, como si todos fueran sus enemigos, dejaba una marca sólida en el aire, una sensación de fuerza. Adele era muy delgada, era baja, pero daba la impresión de ser un rascacielos con una minifalda de cuero. Filip Marlov no pudo reprimir un chasquido de lengua.

Capítulo 610

Adele Varga cogió un taxi, directamente del despacho de Marlov, al aeropuerto. Consiguió un billete para Casablanca, en un vuelo que partiría tres horas después. Mientras esperaba, compró una hamburguesa, una maleta con ruedas, algo de ropa interior demasiado refinada para su gusto, un cepillo de dientes y la respectiva pasta dentífrica, una botella de ginebra (para bajar la hamburguesa), un cartón de cigarrillos turcos y dos camisetas completamente blancas. Metió todo en la maleta, excepto la hamburguesa, y pasó por el detector de metales con sus piernas finas, sus labios finos, el cabello negro y muy liso.

Se sentó junto a un hombre de mediana edad, lector de innumerables periódicos y propietario de un pequeño bigote negro, pegado al labio.

Al salir del avión Adele sintió el calor de Marruecos. Se dirigió a un mostrador para comprar un vuelo a Marrakech. Seis horas después, muchas de ellas pasadas durmiendo en una silla de plástico, embarcó. El avión era pequeño y no llevaba más de treinta pasajeros, una fila a cada lado, una hélice en cada ala. Aterrizó con agresividad, como si no le gustara el suelo, pero Adele ni pestañeó. Se alojó en un riad que quedaba a unos doscientos metros de la plaza Yamaa el Fna. Tenía precios mucho más modestos de lo habitual en los hoteles de este tipo, pero tampoco ofrecía lo mismo. Algo completamente irrelevante para Adele. El riad se lo había aconsejado el conductor del taxi, que dijo ser primo de la dueña. El grado de parentesco no fue confirmado, pero Adele Varga aceptó el consejo. Durmió un poco para recuperarse de los dos vuelos y después salió a pasear. La tarde prometía, el calor mostraba algún pudor, y Adele caminó hasta Yamaa el Fna. Acarició dos gatos acostumbrados a las caricias y se preguntó por la ausencia de perros. En la plaza se dejó atrapar por los niños y bebió un jugo de naranja. Cenó y usó el teléfono del hotel para hablar con Nicolás Marina, el autor del libro editado por Kenoma et Pleroma Ltda. Al otro lado del teléfono atendió una voz ronca. Adele concertó un almuerzo, al día siguiente, en un restaurante que sugirió él, en la parte nueva.

Capítulo 987

Los ventanales a la avenida Mohamed V no propiciaban el mal aspecto del restaurante.

—A veces, es en estos sitios, con ventanales como estos, donde mejor se come —dijo Nicolás Marina.

La comida vino a confirmar la enormidad de las ventanas.

Marina comía con las manos y se ayudaba con el pan, Adele intentaba usar los cubiertos. Una lucha desigual que acabó con dos cafés.

—Un hombre de Kenoma Et Pleroma contactó conmigo en 1962 para escribir un libro muy especial. Era todo muy extraño. Lo recuerdo perfectamente, acababa de publicar mi primer libro con cierto éxito. Se llamaba *El huevo de Orfeo*, una obra entre el ensayo y la novela. Por aquel entonces, un hombre llamó a mi puerta, en Verona, donde vivía en aquella época, en un segundo piso de la misma calle donde Romeo y Julieta habían inspirado la intriga shakespeariana y habían puesto el mundo a suspirar. El tipo entró cojeando. A causa de la pierna renqueante le pregunté, incluso: ¿Es usted abogado o qué? El hombre no contestó. Me sugirió que escribiera libros inmensos, vastos, obras imposibles. Quería que escribiera vidas de personas, vidas imaginarias. Nada que la literatura no haya hecho ya, le contesté. No lo entiende, me replicó, esto es algo completamente diferente, no queremos personajes, queremos personas y eso implica que haya otro tipo de percepción. Queremos que los personajes interactúen en la vida real como cualquier otra persona. Oiga, eso es imposible, le dije al hombre. Yo era un joven con ambiciones, pero aquello me parecía la duplicación del cubo, una quimera, la trisección de un ángulo. En contrapartida, me mostró un cheque irrefutable y escribí vidas tras vidas. Mi primer trabajo para aquella editorial fue un libro llamado *Las reencarnaciones de Pitágoras*. Fue uno de mis fracasos más exitosos.

—Continúo sin entender muy bien la naturaleza del encargo que le hicieron. ¿Cuál era el objetivo?

—No le puedo contestar muy bien, porque cuando vi el cheque dejé de hacer preguntas. ¿Por qué diablos habrían de pagarme una cantidad indecente solo por escribir un libro sobre vidas de personas y escribir después más libros atribuidos a algunas de esas personas? Le he dado vueltas durante años, no crea que no, pero la única conclusión a la que he llegado es que me ha reportado bastante dinero. Por lo tanto, escribí el libro *Las reencarnaciones de Pitágoras* y después fui requerido, por decirlo de alguna manera, para escribir libros supuestamente escritos por personajes de ese libro. Escribí tres y los publicaron editoriales diferentes, o filiales de la misma, que atribuían la autoría a personajes que había creado para el libro *Las reencarnaciones de Pitágoras*. Ni se imagina la confusión que causó en el mundo académico. Incluso me llevaron a los tribunales. Pero no aprendí con eso, porque escribí un libro más importante que *Las reencarnaciones de Pitágoras*. No se puede hacer una idea de lo que me consumió todo aquello. Me dolía la imaginación de tantas páginas como escribí. Cada vez me exigían más, y me di cuenta de que aquello no era para mí. Creo que aquel tipo intentaba hacerme comprender algo profundo, pero mi mente se obstinaba en no comprender. Hablaba de paz y decía una frase, de esas sentimentales, que la sabiduría siempre trae concordia. Paz, decía él. Solo le faltaba hablarme de amor. He sido siempre un escritor de subterráneos, amigo de ratas y cucarachas, mi escritura se ha nutrido siempre de cosas oscuras y de vanos de escalera. Eso de la paz y del amor son cosas que he evitado siempre. No soy ningún imbécil, señorita Varga, pero le juro que no entendía nada. Llegó a pedirme que me inventara rumores y los hiciera circular. Rumores sobre los personajes creados por mí. Imagínese: cuando escribía para un periódico debía introducir un escándalo protagonizado por una persona imaginada por mí. Como si fuera verdad. Todo eso me confundía. Se hartaba de darme motivos, pero aquello me parecía más una religión que una profesión. Empecé a sentir escalofríos. El tipo cojeaba y todo. En fin, un día, cuando apareció con más encargos extravagantes, le mandé que se metiera el cheque que traía en el culo. No quería saber nada de todo aquello, estaba harto y asustado. La verdad es que había acumulado dinero suficiente para poder mandarlo a meterse los cheques en agujeros oscuros o en vanos de escaleras. No se imagina el alivio que sentí. Parecía que el Diablo me había devuelto el alma. Esa noche me pegué una borrachera tan grande que se sintió la resaca a más de ciento ochenta kilómetros de mi epicentro.

—¿Tiene ejemplares de esos libros?

—Los que tenía los destruí. Son libros malditos.

Nicolás Marina y Adele Varga hablaron durante horas. Pasearon un poco junto al río.

—¿Guarda algún contacto de ese hombre o de la editorial?

—Ninguno: no nos llame, nosotros la llamamos a usted, no sé si entiende la idea. Era su política. El hombre se llamaba Samuel Tóth, pero no he vuelto a oír hablar de él nunca más. De todos modos, he ido recibiendo correspondencia de la editorial, de Kenoma et Pleroma Ltda., con la publicidad de eventos, lanzamientos, etc. Lo rompo todo. De ahí no puede venir nada bueno. Fíjese que, cuando despaché al hombre y su cheque, aún vivía en Verona. Decidí marcharme al año siguiente, mi vida en aquella ciudad había acabado. Es más, había acabado en aquel país. Eso sucedió más o menos por casualidad, había decidido tomar unas vacaciones. Estaba devastado. Vine a Marruecos y acabé casándome. Aquí sigo, después de decenas de años. Ahora, dígame: ¿cómo pueden saber mi dirección? Este es el tercer domicilio que tengo desde que vivo en Marrakech. Aparte, pasé dos años en Rabat. ¿Cómo saben mi dirección, los muy astutos? He recibido su correspondencia en todos los sitios donde he estado. Parece que son más eficientes que Hacienda. Es un poco inquietante, ¿verdad?

—¿No conserva ninguna de esas cartas?

—No. Pero es curioso, porque sigo comprando algunos periódicos europeos y, en uno de ellos, francés, por cierto, anunciaban una exposición organizada por Kenoma et Pleroma Ltda.

—¿Para cuándo era eso? ¿Cuál era la fecha de la exposición?

—Ya pasó. Fue en París, el 17 de este mes.

—Yo vivo en París.

—Siempre es así: ¿No ha oído decir nunca que lo que buscamos, lo que más deseamos, está delante de nuestros ojos? Solo tenemos que alejarnos unos kilómetros dolorosos para poder ver. Estamos demasiado cerca para verlo. Tenemos que poner distancia.

—¿Sabe dónde era?

—No tengo ni idea, señorita Varga. Está entrando en un mundo muy extraño. Pero si hojea *Le Monde* de la semana pasada, no puedo precisar el día, encontrará, con seguridad, el anuncio.

Adele y Marina siguieron caminando, la noche era benigna, y en cierto momento —sin nada que lo hiciera prever— Marina cogió a Adele, en un gesto arrebatado, y la besó. Ella respondió, no respondiendo nada, y lo puso furioso. Adele, pasados unos segundos, le acarició la cabeza, como se hace con los perros, y el escritor se giró y se fue. Adele entró a un hotel esquinero a tomar algo con alcohol antes de acostarse, pero no disfrutó de la bebida por culpa de un grupo de bebedores que había por allí.

Capítulo 1597

AL DÍA SIGUIENTE, Adele se levantó tarde. Encendió un cigarrillo y se lo fumó en el balcón mirando el infinito que se concentraba en un naranjo. Sus dedos finos sujetaban el cigarrillo, con un ligero temblor. Tomó un café con leche en el patio interior del riad mientras anotaba, en una libreta, los datos que consideraba más importantes. Concluyó que todavía le quedaban muchas dudas y fue a casa de Nicolás Marina. No estaba. Le abrió la puerta una mujer alta, con un aire amenazador adherido a unas facciones agradables. Se llamaba Daniela e invitó a Adele a entrar. Se sentaron las dos en un sofá espacioso y Daniela fue a buscar una bandeja con una tetera y dos vasos.

—Conocí a mi marido en Casablanca. Yo acababa de escribir una obra para una compañía de teatro napolitana y, como me quedé temporalmente sin trabajo, decidí viajar. La primera vez que vi a mi marido fue en una tienda de alfombras. Le ayudé a regatear. No tenía habilidad para eso, y sigue sin tenerla. No entiende a las personas, aunque sea eficiente a la hora de describirlas en la literatura. No saber regatear es una prueba de su falta de comprensión. El caso es que esa torpeza me enterneció. Un instinto maternal, ya sabe cómo somos las mujeres: quemamos los sostenes, pero no nos libramos de las mamas. Seguimos queriendo proteger a los hombres. Y Dios sabe cuánto lo necesitan.

Así que lo salvé de pagar cuatro veces más de lo debido por un kílim de escasa calidad. Después nos casamos.

—¿Salieron de la tienda de alfombras y se casaron?

—Casi. Fuimos novios siete meses, pero hay poco qué contar. Nos pasó lo que les pasa a todos los enamorados. Aquello solo podía acabar así.

Daniela hizo un gesto amplio que abarcaba toda la casa.

—No me arrepiento. Cualquier otro camino hubiera ido a parar en algo equivalente a esto. Mi destino es acabar bebiendo té y llevando la fábrica, sin ninguna inspiración para escribir. Me siento agotada. Pero no quiero aburrirla con mis quejas. Tenemos una fábrica de tornillos, no sé si lo sabe. No crea que me importa haber cambiado las letras por esto. La verdad es que los tornillos son de una profundidad aterradora. Se puede escribir filosofía pensando en ellos. Heráclito, el Oscuro, dijo que el tornillo era la síntesis de la recta y del círculo. ¿Lo comprende? En su movimiento, la curva y la recta son una y la misma.

—Lo entiendo. Hábleme de las obras que escribió su marido para Kenoma et Pleroma Ltda.

—*Las Reencarnaciones de Pitágoras* es un libro fascinante (se lo aseguro, no es porque sea mi marido) sobre todas las vidas que el filósofo afirmaba haber vivido, desde Etálides, pasando por Euforbio (que fue herido por Menelao, en Troya) y desde Hermótimo, hasta Pirro (que precedió a Pitágoras). No conservamos ningún ejemplar de los libros porque al imbécil de Nicolás le parecían malditos, por eso se deshizo de ellos. El libro *Las reencarnaciones de Pitágoras* incluía también transmigraciones posteriores a Pitágoras y algunas anteriores a Etálides. Casi todas esas vidas estaban minuciosamente descritas, con la referencia a las fuentes que iban mucho más allá de Diógenes Laercio y Jámblico (en lo que concierne a Pitágoras). El libro tenía 3457 páginas en una edición de formato cuadrado, de treinta y tres por treinta y tres centímetros. Pesaba cerca de seis kilos en ayunas. Durante años, varios académicos han citado el libro, que llegó a ser materia de estudio en varias universidades. Hasta que Theóphile Morel, un profesor de Filosofía de Salzburgo, denunció el libro como una farsa: la mayoría de las biografías presentadas como reencarnaciones no tenían ningún fundamento o referencia histórica. Tras esa revelación, los mismos que habían admirado el libro como una impresionante descripción de una serie de figuras relevantes de la antigüedad clásica pasaron a reírse de él y el libro acabó encontrando su destino: el olvido. Pero no fue fácil vencer la batalla. Algunos de los libros citados como referencia para la obra *Las reencarnaciones de Pitágoras*, y que eran desconocidos para los estudiosos, parecían existir. Por ejemplo, Simónides de Amorgos tenía una traducción reciente de una obra que, supuestamente, se había perdido hacía siglos, y en un volumen del *Pseudo-Zostriano* se citaba a Eudoxo de Oenoanda. Es decir, las invenciones de mi marido existían realmente: algunas de esas obras habían sido escritas por él, otras habían sido escritas por otras personas. Lo cierto es que se estaba publicando la galería de autores creada por mi marido y eso confundía a mucha gente. Samuel Tóth, de Kenoma et Pleroma Ltda., pedía a otros autores que escribieran las obras citadas en la bibliografía de *Las reencarnaciones de Pitágoras*. Aparecieron decenas de libros, publicados como obras clásicas, con una escritura verosímil que complicaba las conclusiones. Por si eso no fuera suficiente, también había autores fuera de este círculo infernal, así como estudiantes que, llamados a engaño, aumentaban la confusión, ya que acababan citando, en tesis y ensayos, a numerosos autores que eran pura fantasía. Los versos de Eudoxo de Oenoanda, por ejemplo, fueron muy utilizados como fuente. Por eso se tardó tanto en descubrir que todo era una invención, un fraude. A mi marido lo acusaron de todo y de algo más, incluso de ser el autor de obras que no había escrito y que ni siquiera sabía que existían. En aquel tiempo todavía no nos conocíamos, pero me ha contado la historia varias veces. Intentó, desesperado, probar que no había escrito los libros que constaban en su bibliografía inventada. Todo aquello era un ovillo tan complejo que incluso le atribuyeron premios a su obra. Algunos eran reales, pero había tres inventados por alguien, muy probablemente por el siniestro editor de Kenoma et Pleroma Ltda., Samuel Tóth. Una noticia hacía eco de que mi marido había ganado un premio —concedido por la Universidad de Odesa junto con la Secretaría de Cultura, por valor de cinco mil dólares— que todos los años elegía el tratado histórico que más hubiera impresionado por su rigor. Más tarde se supo que el premio tampoco existía (¡claro!) y que era un mero comunicado de prensa falso. La universidad no concedía ningún premio semejante.

Es decir: los libros editados como traducciones de textos antiguos eran apenas obras falsas con el mismo nombre que mi marido había inventado en la bibliografía de *Las reencarnaciones de Pitágoras*. Habían sido escritos por otros autores anónimos y publicados por la misma editorial, que en este caso no firmaba como Kenoma et Pleroma Ltda., sino que usaba otros nombres como si fuera otra entidad.

Pero no es solo eso. Mi marido había escrito también, con el mismo estilo que la obra anterior, *El libro de los heterónimos*. Lo escribió a continuación, durante dos años y medio de trabajo ininterrumpido. Tiene muchos defectos, pero es una máquina de escribir (si me permite el juego de palabras). *El libro de los heterónimos* era una obra inmensa, tres veces mayor que *Las reencarnaciones de Pitágoras*, editado en papel biblia, donde se describían vidas tras vidas, en un rosario que parecía infinito. En la obra, el creador del concepto de heterónimo, Fernando Pessoa, era él mismo un heterónimo. Que por más señas también era heterónimo de otro que podría, por ejemplo, ser heterónimo de Álvaro de Campos. Mi marido creó un laberinto con todas esas vidas y, en las primeras páginas un gráfico mostraba toda la genealogía, un gráfico absolutamente indescifrable e imposible de seguir: algunos nombres estaban escritos con una letra ilegible —de tan minúscula— mientras que otros estaban repletos de líneas cruzadas que convertían en una quimera descifrar su significado. Eran tantas las rayas que ligaban unos nombres a otros, y se prolongaban por tantas páginas, que era imposible seguirlas. En algunos casos, cuando eran muchas las intersecciones, no hubiéramos sabido qué camino tomar después de la encrucijada. Hay que recordar que, en ese gráfico, existían cerca de cinco mil nombres de personas. Cinco mil, fíjese bien. La descripción por extenso —que ocupaba cerca de dos mil quinientas páginas (papel biblia)— tenía todavía más personajes (cerca de treinta más), lo que significaba que el gráfico no era fiable. Y había varias de las situaciones límite ya descritas en que un autor creaba un personaje que había creado otro que, a su vez, había creado al propio autor. El registro era circular, o en espiral, en una confusión difícil de entender. El propio gráfico, en la leyenda, se refería a la necesidad de ser comprendido en tres o más dimensiones: el dibujo bidimensional no podía mostrar con eficacia todas las relaciones existentes, ni en el espacio ni en el tiempo. ¿Cree que ese laberinto fue idea de mi marido? Se equivoca. Fue ese Samuel Tóth el que planeó todo el ovillo. ¿Sabe qué pretendía con todo esto? Crear vidas. ¿Para qué?, le pregunté (mi marido nunca decía nada). Samuel Tóth se echó a reír.

Capítulo 2584

EL DETECTIVE SIN NINGÚN ENCANTO atendió el teléfono. Adele Varga le llamaba desde Marrakech con otro pequeño encargo: buscar en *Le Monde* de la semana anterior el anuncio de una exposición organizada por Kenoma et Pleroma Ltda.

Capítulo 4181

DE VUELTA EN PARÍS, Adele fue a casa de su abuela. Pasó el día de mal humor, le dolía un poco la cabeza y sentía que se había enfrascado en una búsqueda demasiado idiota y costosa. Algo demasiado romántico para alguien con un carácter como el suyo.

Adele había alquilado un apartamento, pero debido a la enfermedad de su abuela vivía prácticamente en su casa. Apenas pasaba por su piso para ocuparse de su mantenimiento, coger el correo y poco más. Por lo demás, las señales de mejoría de su abuela eran cada vez peores. Sus ojos se iban hundiendo en un pasado transformado en arrugas. Las manos huesudas le temblaban sin descanso. El *continuum* espacio/tiempo de Adele se resumía así: cada vez tenía menos espacio para ella y más tiempo de dedicación a su abuela.

Antes de entrar a la habitación, se fumó un cigarrillo, apoyada en una cómoda del pasillo donde había una fotografía de sus padres.

Cuando Marlov le dio la dirección de la exposición, Adele se dirigió en coche hasta allí. La carretera era sinuosa, pero el tiempo pasaba en línea recta. Estacionó en un parque y caminó unos metros. El edificio de la exposición se alzaba ante sí en un día de lluvia, una lluvia pesada que se precipitaba en el aire y golpeaba, toda mojada, el suelo. Adele entró a la galería de arte. Un hombre con barba y sin pelo la recibió con una sonrisa. Se saludaron y Adele le explicó el motivo de su visita. El hombre con barba y sin pelo le dijo que la exposición no se había celebrado. El artista no se presentó con sus obras. Pero tenía alguna información sobre el evento. Le entregó a Adele tres artículos de diario con los siguientes textos:

1- Gunnar Helveg: lo que está afuera y lo que está adentro

Desde hace mucho tiempo los hombres (incluido el lector de este artículo) se han mostrado indecisos entre la idea de un Diablo guapo, joven, seductor, o un monstruo cojo, con cola y cuernos. No obstante, en el Concilio de Trento se decidió que la fealdad espiritual del Padre de la Mentira debía corresponder con su apariencia. Fue una decisión diabólica que ya había tentado al propio Creador del universo, mientras rumiaba una tarde sobre el primer capítulo del Génesis (fue este capítulo el que le inspiró para crear el universo y no la Nada como dice la Santa Madre Iglesia). De manera que Elohim se vio creando, en el Principio de los principios, una multitud venenosa de animales con una apariencia que mereciera su ponzoña. Probablemente se arrepintió, pero después del famoso concilio, el de Trento, fue instado a mantener la línea de producción y a adecuar el horror físico a la monstruosidad intelectual: una psique atroz debe manifestarse en un soma, en un cuerpo, igualmente terrible. Un ministro por fuera debía ser la manifestación de un ministro por dentro, para no engañar a nadie. Pero lo cierto es que, muchas veces, la apariencia engaña radicalmente. En otros casos, Dios obedece plenamente la decisión del Concilio de Trento, y cuando miramos a un estadista nos damos cuenta inmediatamente de que dentro también hay un estadista y, a veces, incluso hay un presidente de la República o un diputado que es entrevistado por una exmodelo (yo mismo he experimentado ya varias veces fenómenos idénticos a este —en que lo que está afuera es como lo que está adentro: ya me ha sucedido, por ejemplo, que me duela el soma y al final sea de la psique). Como ya se ha dicho, es muy difícil mantener esta correspondencia entre soma y psique. Ni siquiera el Creador de las cosas pasadas y futuras ha sido capaz de mantener una homogeneidad convincente y ha dejado que vean la luz del mundo —este valle de lágrimas— innumerables casos contradictorios donde, por ejemplo, un sujeto muy jorobado puede revelar una gran inteligencia y bonhomía (Sócrates, el filósofo, era muy feo. No era jorobado, pero era muy feo); por el contrario, abundan casos donde la belleza física contiene una gran estupidez o incluso una Miss Universo entera.

(Ari Caldeira, *Sobre el interior y el reverso*)

2- Belleza interior (el espectáculo del alma)

Gunnar Helveg organiza esta exposición artística con tomografías del cerebro, hecho que le ha costado el empleo. Helveg pedía a los pacientes, durante la emisión de positrones, que pensaran en un verso de Dylan Thomas o en un fragmento de Rilke. O en un haiku de Masamitsu Ito o en un versículo del *Cantar de los cantares* o incluso en una canción abokowo. «Si el pensamiento posee alguna belleza, también la tomografía tendrá colores y formas armoniosas, curvas y tonos bellos, como una obra maestra abstracta. No puede ser de otro modo: lo que está adentro es como lo que está afuera. Capto las capas interiores de los pensamientos más bellos y los muestro traducidos en colores, tal como han sido pensados. He sido la primera persona que ha fotografiado un pensamiento bello», ha declarado Helveg.

3- Imágenes del cerebro

A través de imágenes por resonancia magnética funcional, tomografías, rayos X, Gunnar Helveg ha conseguido una exposición insólita: un exmédico se dedica hoy a fotografiar el cerebro e intentar captar los momentos en los que se tiene una idea brillante. Esta idea se expresa en los colores de la fotografía como una obra de arte, como una obra maestra de la abstracción, equilibrada y armónica en sus formas. Si la idea es bella, también se expresa con belleza en el calor responsable de la imagen médica. Si lo que está adentro es bello, su manifestación debe ser equivalente. Debe ser bella también.

—¿Me podría conseguir el contacto del señor Helveg? —preguntó Adele al hombre con barba y sin pelo.

—Ojalá pudiera. Hablé con él por teléfono, pero le perdí la pista. He gastado mucho dinero, tiempo y disponibilidad organizando esta no-exposición. Si lo encuentra, tráigalo, que tengo que darle un puñetazo.

El tiempo pasaba, pero pasaba con más insistencia por Anasztázia Varga. Muy temprano, el médico llamó a Adele para recomendarle que no se alejara, pues la muerte de su abuela, ese ángel cubierto de ojos, era inminente. Por eso, Adele sentía una presión en el pecho, entre el corazón y el alma. Necesitaba encontrar a su abuelo, no tanto porque fuera realmente una necesidad, sino porque el pánico la forzaba a actuar. Cogió el coche sin saber qué hacer. Las horas y los minutos golpeaban en el parabrisas.

Telefoneó a Filip Marlov apenas llegó a casa, no se encontraba muy bien. Marlov tenía buenas noticias. Había localizado a Samuel Tóth, que vivía en Budapest. Si quería, y con un cheque de por medio, saldría ese mismo día hacia Hungría, para hablar con el propietario de Kenoma et Pleroma Ltda. A Adele le hubiera gustado actuar de otro modo, pero se sentía cansada. De manera que decidió lo siguiente:

—Haga lo que sea necesario. Pago lo que sea necesario.

Última parte de *La muñeca de Kokoschka*: Samuel Tóth

Capítulo 6765

Cuando llegó Samuel Tóth, traía su solemnidad habitual, aunque envuelta en una cierta vacilación. Caminaron unas cuadras sin que Tóth dijera una palabra. Ese silencio incomodaba a Filip Marlov, un hombre que no sabía manejar los diálogos callados.

Comenzó a lloviznar. En la otra orilla se veía el castillo y unas nubes irreprochablemente cenicientas colgadas en el espacio. Marlov abrió un paraguas y convidó a Samuel Tóth a resguardarse bajo él. Tóth rechazó la amabilidad con amabilidad y mantuvo el mismo ritmo mientras Filip Marlov se peleaba con el viento bajo el paraguas.

—Hoy le mostraré —dijo Tóth, entre gotas de lluvia— un espacio impresionante.

Marlov no dijo nada.

Se detuvieron frente a un edificio de fachada neogótica, más negro que el tiempo. Había sido construido a principios del siglo XX por el arquitecto Imre Lakatos. El edificio tenía arcos ojivales y vitrales decorados de modo absurdamente pomposo. Lakatos vivió hasta bien entrado el siglo XIX y se movía entre los círculos más selectos de Budapest. Se relacionaba con una cierta burguesía magiar que tenía la costumbre de discutir problemas metafísicos y beber vino del valle de Eger en las bodegas de los palacios. Lakatos proyectó el edificio de aquella calle del centro de Budapest a petición de un hombre riquísimo, conservador e iracundo, cuyo prosaico objetivo era albergar a toda la prole que había traído al mundo. Zsigmond Varga —ese era el nombre del millonario— había sido un libertino toda su vida y tenía varios hijos de varias mujeres. Mandó construir aquel edificio con siete pisos y dos apartamentos en cada planta para albergar a toda la familia legítima (llamémosla así). En fin, aparte de este edificio que serviría de vivienda a cerca de sesenta personas, entre hijos, yernos, nueras, nietos y bisnietos, Varga planeaba, si el destino lo permitía, construir, en las partes de atrás del edificio, un barrio donde alojar al resto de los hijos —que ascendían a más de cuarenta. Con las familias respectivas serían más de ciento veinte personas—. Varga pretendía que el edificio instaurara en su familia una jerarquía especial, planeada por él y que destinaba los últimos pisos a los hijos en los que depositaba menos esperanzas.

—¿Por qué los últimos? —preguntó Marlov sacudiéndose el abrigo.

—En aquel tiempo no había ascensor. Además, solo la planta baja tenía una relación orgánica con el espacio exterior y con el bellísimo jardín de inspiración victoriana.

Tóth sacó un llavero lleno de llaves y eligió una. Lentamente la introdujo en la cerradura y la hizo girar con un clic. La puerta se abrió y entraron ambos. Filip Marlov, un hombre duro, temblaba por dentro y por fuera. La oscuridad no ayudaba en tan tenebrosa situación. Tóth, sin embargo, avanzaba como si el mundo estuviera iluminado. Recorrieron un pasillo que olía a humedad y se detuvieron ante otra puerta. De hierro y pintada de verde. Tóth volvió a coger el llavero. Eligió, en aquella falta de claridad, una llave y, con ella, abrió la puerta. Subieron dos tramos de escaleras y se detuvieron en un descansillo que terminaba en dos puertas en arco. Una vez más, se repitió el ritual. Otra llave, otra puerta abierta.

Capítulo 10946
La cara de Dios es un espejo infinito

—Coleccionaba mariposas.

—¿Quién?

—Zsigmond Varga. Tenía una colección inmensa que ahora pertenece al museo de Dresden. Hubo una época en la que Varga pretendió pesar los pecados.

—¿Ah, sí?

—¿Se ha percatado, señor Marlov, de que cuando despertamos somos más ligeros que cuando nos acostamos?

—Existe una explicación perfectamente racional para eso.

—Estoy seguro de que existe. Por lo menos Varga así lo creía. Pensaba que el sueño nos limpia de todo el mal que hacemos durante el día. El sueño representa unas horas de limpieza para el alma. Por eso soñamos. Los sueños, para Varga —y curiosamente para la ciencia— no son otra cosa que los desperdicios del día. Es decir, aquello que ya no necesitamos. Para Varga, eso es el Mal, el pecado, que es expurgado, limpiado. Eso explicaría el motivo por el que pesamos más por la noche que al despertar. Por la noche estamos repletos de los pecados que hemos cometido durante el día, mientras que por la mañana estamos, ¿cómo le diría?, limpios.

—Qué absurdo.

—Puede ser, pero Varga dedicó años a esta teoría suya. Pesó a miles de sujetos, por la mañana y por la noche, y comparó los resultados.

—¿No exagera, querido señor Tóth? ¿Miles?

—Seguramente. La mitad de esa cifra eran mujeres que pretendía seducir, muchos de sus datos constan en el patrimonio de la familia. Cuadernos meticulosamente anotados. Según él, la diferencia de peso entre la medición matinal y la vespertina era el peso del Mal. Tóth cogió su maleta negra de piel, que llevaba siempre consigo, y sacó del interior unas hojas grapadas. Las dejó sobre una silla y volvió a registrar la maleta. Sacó sus gafas y se las puso con cuidado. Después comenzó a leer:

—«Al notar que un hombre es más pesado de noche que cuando se levanta, incluso aunque no haya comido nada durante el día y haya evacuado conforme a voluntad y necesidad, decidí escribir este libro sobre el peso del Mal». Esta es la primera frase de sus cuadernos que no se han llegado a publicar. Los primeros capítulos están dedicados a la diferencia entre el peso matinal y el vespertino. Como le he dicho, Varga afirmaba que esa diferencia —que puede ser de varios kilos— se debe al peso del Mal que se va acumulando durante el día. Tanto por acciones como por omisiones. Todo el ensayo escrito por Zsigmond Varga tiene un tono castrador, púdico y conservador en muchos aspectos. Pero difícilmente podemos clasificar así a un libertino libidinoso, ¿no le parece, señor Marlov? Hay que ver cómo estamos hechos de incoherencias, de contradicciones.

Marlov desvió los ojos, impaciente y Samuel Tóth ordenó las hojas y carraspeó antes de recomenzar a leer otro fragmento:

—«De tanto acumular pecados durante el día, el hombre común, cuando llega la noche está repleto de pequeños demonios infiltrados en la sangre, en la carne, en las arrugas de la piel, bajo las uñas. Por eso el juego, la prostitución y el crimen son más comunes durante la noche, después de ponerse el Sol, cuando el cuerpo está más cargado de pecadillos, maledicencias, más mezclado, en fin, con el Mal». En la última década del siglo XIX, más concretamente en 1897, Varga decidió hacer el siguiente experimento, el primero que hizo de este tipo: puso en una balanza a una de sus criadas —una adolescente de origen eslavo que Varga había dejado embarazada dos años antes— junto con el hijo de ambos. Ordenó a la muchacha que se desnudara y que, después, le quitara también la ropa al niño. Todo esto fue meticulosamente descrito en los cuadernos. ¿Quiere leerlo, señor Marlov?

—No hace falta. Continúe.

—Cuando tuvo a los dos sujetos completamente desnudos, ordenó a la muchacha que besara al niño. Después le pidió que lo abofeteara. Pesó las dos acciones y afirmó haber obtenido resultados diferentes. La balanza acusó más gramos en la segunda acción, donde se puede sentir «el dedo del demonio». Concluyó lo siguiente: «Lo que admira no es que se pese más al final del día, sino que un mortal cualquiera no llegue a la noche, al acostarse, con el peso de dos o tres elefantes africanos. (…) Antes de dormirse, y en relación con el momento en que despierta, un hombre pesa un cuatro por ciento más y una mujer un cinco por ciento».

—Un poco machista, esa conclusión.

—No todos los habitantes del siglo XIX eran tan modernos como los de los siglos siguientes. En todo caso, Varga creía en su honestidad. Para él, los resultados anotados eran precisos, objetivos, verdaderos. Hay que ver, señor Marlov, cómo nuestras convicciones moldean el mundo a nuestro alrededor y nos obligamos a creer en las mentiras que nos contamos a nosotros mismos. Forzamos al mundo a ser como creemos que es y no nos damos ni cuenta de que nos pasamos la vida mintiéndonos. Todos, usted también. Esta es una de las características más persistentes del ser humano. ¿Ha oído hablar de Nicolás Hartsoeker, un anatomista del siglo XVII que aprendió a hacer microscopios? Algunas observaciones más o menos pioneras de líquidos seminales lo llevaron a concluir que en la cabeza de un espermatozoide existe un homúnculo plenamente formado. ¡Imagine, señor Marlov, un pequeño hombre enroscado en la cabeza de un espermatozoide! Pues bien, este homúnculo, al estar, como le he dicho, plenamente formado, también tenía gónadas, órganos sexuales completos. Dentro de sus testículos tenía espermatozoides. Dentro de esos espermatozoides, en la cabeza, vivían más homúnculos enroscados. Parece un juego de espejos que se prolonga hasta el infinito. De hecho iba hasta Adán. En el libro publicado por este anatomista en 1694, el *Essay de dioptrique*, hay un grabado con la imagen del homúnculo, en posición fetal, anidado en la cabeza de un espermatozoide absolutamente desproporcionado. Hartsoeker era cristiano y lo que veía a través de las lentes del microscopio era visto también a través de las lentes de lo que él creía que era ser un buen cristiano. Todos llevamos numerosas lentes como esa. Las del microscopio, las del telescopio, las de la democracia, las del cristianismo. Pero déjeme proseguir: Varga fue mucho más lejos en sus objetivos. Empezó a pesar moribundos. Pagaba a los curas para que, cuando hubiera algún moribundo, lo llevaran con ellos. Su objetivo era pesar a la gente inmediatamente antes de expirar. Quería pesar el alma. Tenía un carruaje siempre a punto para perseguir los últimos momentos de la gente. Atravesaba la ciudad, chistera en mano, con cinco criados y un violinista gitano que no paraba de tocar.

—¿Un violinista? ¿Para hacer más llevadera la agonía?

—Claro que no. Varga estaba completamente desprovisto de ese tipo de sentimientos. El violinista era por las ganas que él tenía de pasarse la vida oyendo música. Lo usaba en tantas situaciones de su vida cotidiana que sería trabajoso enumerarlas. La elección del músico no era casual: el violinista era ciego. Eso le permitía a Zsigmond Varga estar con sus amantes y oírlo tocar sin que el músico, evidentemente, viera lo que sucedía. Por algún motivo, no le incomodaba lo más mínimo el hecho de que el violinista pudiera oír lo que se decía en aquellos momentos de tanta intimidad.

—Es algo infame.

—Bien, lo cierto es que Zsigmond Varga recorría la ciudad chistera en mano, la cabeza fuera del vehículo y con un violinista tocando. El carruaje llevaba incorporada una balanza hidráulica, muy sofisticada para la época, que podía izar la cama del moribundo y restarle el peso en el último momento. De ese modo evitaba la incomodidad de tener que mudar a la persona encima de la balanza. El mecanismo funcionaba con una grúa que encajaba bajo el lecho del moribundo y alzaba la cama del suelo unos pocos centímetros, lo suficiente para poder pesarla con máxima precisión. La balanza la cargaban cuatro de los cinco criados que lo acompañaban siempre. El quinto se limitaba a conducir el carruaje.

Samuel Tóth se ajustó las gafas y contempló la expresión de Filip Marlov. Prosiguió, después de volver a colocar sus papeles en la maleta negra.

—Varga se tomaba la molestia de pesar a los moribundos con los pulmones vacíos, inmediatamente antes e inmediatamente después. Y comparaba la diferencia.

—¿Existe alguna diferencia?

—Según Varga, sí, la hay. Muy pequeña, tan pequeña que decidió, no sin cierto sentido poético, medir el peso en mariposas en vez de en gramos. Como usted sabe, era un apasionado coleccionista de lepidópteros.

Samuel Tóth sacó de nuevo los papeles de su maleta:

—En sus conclusiones se lee lo siguiente, paso a citar: «La diferencia entre la vida y la muerte, el peso del alma, por decirlo de alguna manera, es de un *Papilio demodocus*». Este *Papilio demodocus* era su mariposa favorita. Según él, la diferencia entre un cuerpo sin vida y un cuerpo con vida era el peso de una mariposa africana. Era el peso del alma que creía haber descubierto. Todo el mundo pensaba que estaba loco, pero le toleraban sus excentricidades porque pagaba bien por esas actividades. Sus investigaciones no se quedaron ahí. Llegó a pedir que colocaran, en los confesionarios, balanzas de alta precisión para poder medir el peso de una persona antes de la confesión y después del sacramento. Fue otro de sus intentos de medir el Mal.

—Un loco.

—¿Y quién no lo está, señor Marlov?

Capítulo 17711

SAMUEL TÓTH SE LIMPIÓ las manos en los pantalones antes de seguir con la historia de la familia Varga. Estaban sudadas.

—En 1912, los negocios obligaron a Zsigmond Varga a emigrar a Alemania. Allí, mandó construir una casa exactamente igual a esta, pero de piedra blanca. Una negra en Budapest y una versión blanca en Alemania. Unos años después de mudarse, en el verano de 1918, Lujza, la hija legítima mayor, fue sorprendida en la cama con un gitano. Tenía catorce años y el gitano era el violinista ciego, que, al final, veía muy bien. Se llamaba Ovidiu Popa y Varga se lo había llevado con él, de Budapest a Dresden, ya que, según sus propias palabras, «era, de todos los criados, el más indispensable». No era fácil encontrar un violinista tan bueno, y además ciego. Por eso, cuando Zsigmond Varga vio al violinista encima de su hija, le entró un ataque de furia y cogió el bastón mientras se llevaba la otra mano al pecho. Indeciso entre morirse de un ataque al corazón o matar a los amantes, optó por respirar un poco. Eso le dio tiempo a Ovidiu para huir por la escalinata del palacete donde vivían en Dresden. Lujza no fue tan diestra como su amante y se quedó con sus lágrimas, agarrada a las sábanas. Varga usó el bastón en las costillas de su hija y ella cayó de la cama a la calle, desnuda. Oyó la puerta cerrarse tras de sí y corrió enloquecida hasta que encontró una ventana abierta.

—Dios, cuando cierra una puerta, abre una ventana— dijo Marlov.

—Sabe, señor Marlov, eso de Dios no me dice nada. No creo de ese modo, como el resto de la gente. Para mí, si Dios abre una ventana es para crear una corriente de aire. De la existencia de un ser que no existe, no espero nada bueno. Además, ese proverbio debería decir, con más propiedad: cuando Dios cierra una puerta, abre una ventana. Por ahí entra el ladrón. Escuche la historia de Lujza Varga y verá que tengo razón.

Marlov se ajustó los botones del abrigo.

—Le hablaré primero de Oskar Kokoschka.

—¿De quién?

—¿Nunca ha oído hablar de él?

—Es el autor de aquella balada...

—No. Kokoschka fue un pintor, entre otras cosas medio expresionista, que nació en 1886. Sintió una pasión tan intensa por una mujer llamada Alma que, como hecho histórico, hace palidecer cualquier ficción, sea de Shakespeare o de cualquier otro. No se ha visto nada parecido en la historia. Preste atención, señor Marlov, pues el amor puede ser mucho más extraño de lo que se imagina. Oskar Kokoschka vivió en Dresden y nació en Pöchlarn. Dejó Dresden en 1934 porque a los nazis no les caía simpático. Era recíproco. Pero, en ese momento, ya había tenido lugar uno de los episodios más románticos del mundo: Kokoschka y Alma.

Capítulo 28657

—ALMA FUE EL PRIMER BESO DE KLIMT —dijo Samuel Tóth—, fue amante de Alexander Zemlinsky, se casó con Gustav Mahler. Fue la viuda de Gustav Mahler. Se casó con Walter Gropius y con otros. Acababa de enviudar del compositor Gustav Mahler cuando tuvo un romance febril, que duró tres años, con Oskar Kokoschka. En algunos momentos la familia ya no podía soportar los gritos. Berreaba por Alma. Su madre sufría mucho, decía Kokoschka. Alma tuvo una repercusión inmensa en la vida del artista. Cuando ella dio por acabada la relación, Kokoschka quedó devastado.

—Se pertrechó —continuó Samuel Tóth— de varios dibujos y pinturas que le había hecho a Alma y le pidió a Hermine Moos, una fabricante de muñecos, que hiciera una muñeca, de tamaño natural, igual, igualita, con pelos y señales, a Alma Mahler. Las indicaciones dadas a Hermine Moos (incluidas en una carta y en varios dibujos) detallaban el cuerpo de su amada con precisión matemática: las arrugas de la piel eran descritas a la perfección, los cabellos contados. Creo que nunca se ha visto una pasión así, ni en la ficción. Piense, señor Marlov, que las instrucciones incluían pormenores como las arrugas de las ingles o la consistencia de la piel al tacto. Kokoschka no descuidó ningún detalle. Y para ejecutarlo disponía de una gran profesional, Hermine Moos. Si todo esto le parece inventado o morboso, prepárese, querido Marlov, para lo que el artista hizo después.

—Tengo curiosidad. ¿Habrá algo más morboso que esto? ¿Que un hombre se enamore y encargue una muñeca para sustituir a una persona de carne y hueso?

—Escúcheme con atención, señor Marlov. Todos somos marionetas, unos más muñecos que otros, unos más idolatrados que otros. Lo cierto es que la muñeca fue construida y, según creo, se convirtió en una desilusión. Kokoschka acabó destruyéndola. Pero me estoy adelantando. Durante un tiempo la hizo vivir. Una persona no existe solo por tener un cuerpo. Necesita tener vida social. Necesita la palabra, el alma. Necesitamos testigos, necesitamos a los otros. Por eso, Kokoschka mandó que la criada hiciera circular rumores sobre la muñeca. Historias, como si existiera, como si tuviera una existencia semejante a la nuestra.

—Es algo demencial.

—¿De verdad lo cree así?

—Por supuesto.

—Nada más equivocado. La existencia se hace de testigos, de aprobaciones, de historias. ¿Conoce la pregunta budista sobre el pino que cae?

—No tengo ni idea.

—Imagínese que cae un pino y no hay nadie que lo pueda oír. ¿Hace ruido?

—Artificioso.

—De acuerdo, olvide los pinos. Lo que quiero decir es que no hay muñeco que gane vida sin «el otro». Hace falta un testigo, una confirmación. Oskar Kokoschka hizo justo eso. La llevaba a la ópera, la paseaba por las calles, le hizo vivir una vida con sus rumores. ¿Conoce algún amor así? ¿Dar vida a una criatura que es una imitación de su amor?

—No...

—Un día Kokoschka superó esta fase (llamémosla así) e invitó a unos amigos, hizo una fiesta, rompió una botella de vino tinto en la cabeza de la muñeca. Oficialmente, su amor se había extinguido. Después, se presentó la Policía al ver, en el jardín, el cuerpo muerto de una mujer. Aclarada la cuestión, el cadáver (¿podemos llamar así a los restos de una pasión?) fue tirado a la basura. El cuerpo, la cabeza, la ropa.

—No me extraña ese desenlace.

—No le extraña porque no hay ningún desenlace todavía. Un hombre llamado Eduwa, natural de Nigeria, cogió los despojos del amor (¿los podemos llamar así?) y se los llevó a su casa. Este Eduwa era el jardinero de una mujer alemana, cuyo nombre no viene al caso. Basta saber que Eduwa vivía en una pequeña casa de ladrillo construida en la propiedad de esa mujer, en las afueras de Dresden. Limpió la muñeca de Kokochska y le colocó de nuevo la cabeza sobre los hombros. La vistió y pasó a adorarla de la misma manera en que la muñeca había sido adorada. Fíjese en la coincidencia, señor Marlov, fíjese en el milagro. Veía en la muñeca a una diosa y le ofrecía flores, agua fresca, leche y más cosas que no sabría decirle. Eduwa pensó que la muñeca era una representación de Oxum, una diosa del África Occidental, de la zona de la que era originario. Fíjese en que entre un ateo como podría ser Kokoschka y un creyente como Eduwa, hay poca diferencia en el modo en que tratan a las muñecas. Da que pensar sobre ateos y creyentes, ¿eh, señor Marlov? Pero volvamos a la historia. ¿Conoce el mito de Pigmalión?

—Conozco el nombre, pero no me pida que le explique la historia.

—Pigmalión era un escultor que esculpió una estatua, una mujer ideal. Se enamoró de su obra y Afrodita le dio vida a la piedra, la estatua cobró vida.

—No me dirá que usted, religiosamente ateo, cree que la muñeca de Kokoschka cobró vida.

—Es posible, amigo Marlov, es posible. Pero no como se imagina. La verdad es siempre mucho más extraña. Aquí es donde entra Lujza. Por la ventana a la casa de Eduwa. Cuando Dios cierra una puerta abre una ventana, ¿lo recuerda, señor Marlov? Lujza entró en la casa con su desnudez mientras el otro dormía. La hija de Zsigmond Varga, cuando vio la muñeca, le quitó el vestido y se lo puso. La muñeca, la tiró por donde había entrado, por la ventana. Un gesto furioso fácil de entender. Eduwa se despertó con el ruido y lo que vio lo dejó mudo, con la boca abierta: la diosa Oxum estaba viva. Estaba allí, arrodillada ante él. Sus pies temblaron y cayó al suelo, al mismo nivel que la diosa caída. Durante todo el tiempo que vivieron juntos, siguió idolatrando a aquella mujer como había hecho con la muñeca: con flores, miel, leche, postraciones. La amaba más de lo que puede ser imaginado. Una persona puede amar a otra persona, pero Eduwa vivía con lo divino. Para que se haga una idea, querido Marlov, para que se haga una idea, basta con que se imagine que una monja, de repente, se ve compartiendo su casa con Jesucristo. Todo el amor de su devoción hecho Persona. Dios hecho hombre. Repare que, así, el amor no es mayor, pero es posible, es alcanzable.

—Ese es el milagro del cristianismo: convertir en humano lo divino.

—Puede ser, señor Marlov, no se lo voy a discutir, pero lo cierto es que Eduwa podía conocer a una diosa de carne y hueso. Visto desde afuera, no hubiera podido ser peor. La mujer trató a Eduwa como a un esclavo. Lo despreció siempre y nunca permitió, ni siquiera, que la tocara. Nueve meses después tenía un hijo.

—Que, por supuesto, no era de él.

—¿Por qué dice eso? ¿No es usted cristiano? Una inmaculada concepción sería creíble.

—No sea ridículo, señor Tóth. No soy cristiano.

—¿Y esa cruz que lleva colgada en el pecho?

—Todos cargamos alguna cruz. Que la lleve en el pecho no quiere decir nada.

—Bien, lo que pasó fue que Lujza había quedado embarazada del gitano, de Ovidiu Popa. Pero para Eduwa, el hijo era suyo, fruto de un milagro semejante a ese en el que usted dice no creer. Una inmaculada concepción. Lujza bautizó a la criatura con el nombre de Mathias, al que le añadió el apellido del padre biológico.

Capítulo 46368

—Eduwa intentó ser padre y madre a la vez. Le enseñó los preceptos de su religión natal; conocía todos los vudús de Nigeria, las ofrendas y comidas, las plantas dedicadas a cada dios, información, ya sabe, en cierto modo molesta para un joven europeo. En las calles de Dresden y en la pobreza en que vivía, aquella educación le servía de muy poco. En cuanto a Eduwa, siempre le pareció que Mathias era hijo suyo, engendrado misteriosamente, a través, quizá, de un sueño. Para Eduwa, la criatura era hija de su devoción, de sus palabras, de su amor, en el fondo. ¿Quiénes somos nosotros para negar que los hijos nacen justamente de eso?

Filip Marlov se sentía incómodo. Tóth retomó la historia que estaba contando:

—Continuó con su devoción incondicional y ella lo trataba a las patadas, literalmente. Cuidaba del niño mientras ella se prostituía. Eduwa pesaba ciento siete kilos y medía más de 1,90, tenía un cuerpo que podía deshacer el metal; sin embargo, se acurrucaba junto a la cama, en un esfuerzo fetal, mientras Lujza, con frecuencia borracha, lo pateaba lo más violentamente que podía. Al día siguiente, por la mañana, los vecinos lo veían como siempre, con una sonrisa en la cara y la cabeza baja como si estuviera avergonzado, pero feliz. Cogía, todos los días, flores del jardín y las dejaba al pie de la cama de Lujza, junto con un jarro de agua fresca, miel, leche y una o dos piezas de fruta. Se arrodillaba con su sonrisa y contemplaba su sueño bendiciendo la vida. Agradecía a los dioses oscuros la felicidad que le concedían y guardaba esa sensación como su mayor y único tesoro.

Dos años después, la patrona de Eduwa murió y le dejó algún dinero. Lujza cogió esa pequeña herencia y huyó. Nunca más se supo de ella. Eduwa afrontó su desaparición con normalidad. Del mismo modo misterioso como apareció, desapareció. Sentía lo mismo en relación con el dinero. Tenía un huerto y eso le daba una especie de autosuficiencia. Cuando necesitaba más, mendigaba. Continuó, tras la muerte de la patrona, viviendo en la misma barraca. La casa principal, un edificio inmenso con aspecto neoclásico, acabó, tras la muerte de la propietaria, quedando abandonada debido a disputas y litigios familiares. Los herederos no se ponían de acuerdo y la casa se fue deteriorando. Ninguno de los herederos llegó a poner los pies en ella. Vivían ambos en Francia, nadando en sus propias fortunas, y no tenían el menor interés por aquella propiedad, aparte de la posibilidad de ganar, un día, una vez acabadas las disputas legales, algún dinero con la venta del terreno. Durante todo aquel tiempo en el que la casa se iba degradando, Eduwa nunca pensó vivir en ella. Permaneció en su barraca asistiendo, con tristeza, a la decadencia de la hermosa casa.

—¿Y el niño?

—Mathias Popa, como ya le he dicho, fue educado por Eduwa. En un esfuerzo sobrehumano, Eduwa consiguió que nunca le faltara comida a Popa (aunque a veces tuviera que renunciar a su parte), ni educación (a pesar de ser algo *sui generis* y poco convencional). El muchacho crecía y, de modo instintivo, adquirió el mismo desprecio que su madre, y casi todo el mundo, tributaba a Eduwa. Sin tener mala voluntad, hacía cosas que fácilmente podríamos clasificar de obscenas. Basta decir que, muchas veces, cuando llegaba a casa y la encontraba vacía, comía lo que había y el resto lo tiraba para que Eduwa se quedara sin comer. Si le hubieran preguntado por qué hacía eso, no habría sabido qué contestar. Existen personas, como Eduwa, que atraen ese tipo de comportamientos.

—¿Eduwa no hacía nada para contradecir ese destino?

—Lo encontraba normal, como encontraba siempre todo. Lo habían tratado siempre así, por eso no suponía ninguna novedad. Mantenía su sonrisa y la cabeza ligeramente baja. Bendecía la vida y todo cuanto poseía.

—No poseía nada, Tóth. ¿O me equivoco?

—Para algunas personas, no hay nada más valioso que eso.

—¿Eso, qué?

—Nada.

Marlov puso los ojos en blanco.

—En cualquier caso —continuó Tóth— el chico aprendió a pegar al padre, como hacía su madre. Un día, salió de casa sin volver dos veces la vista atrás. Eduwa murió solo, en su miseria y con su sonrisa.

—¿Cuándo fue eso?

—Poco después de acabada la guerra. Pero antes tuvo la desgracia de que lo llevaran al campo de concentración de Mauthausen. Estuvo dos años. Coja esta hoja de papel, señor Marlov.

—¿Para qué? —preguntó mientras cogía la hoja.

—Dóblela.

Marlov obedeció.

—Dóblela otra vez sobre sí misma. Después una vez más. Y otra vez.

Marlov dobló la hoja hasta que no pudo doblarla más.

—No puede doblarla más de cuatro veces, ¿no es cierto, señor Marlov? Ninguna hoja, no importa el gramaje, se puede doblar más de cuatro veces. Algo tan frágil como una hoja de papel no se deja doblar y sin embargo... un gigante nigeriano se dejaba doblegar innumerables veces. Fue lo que le sucedió a lo largo de su vida, pero en Mauthausen sufrió aún más de lo que estaba acostumbrado a sufrir. A pesar de eso, salió de allí con una especie de sonrisa en la cara. Eduwa era una hoja de papel que se podría doblar hasta el infinito.

A Marlov le pareció ver que los ojos de Samuel Tóth se nublaban. Unas lágrimas quizá.

—Fíjese en las coincidencias —continuó Tóth— de la vida: A Hans Schafer lo estaban apaleando un día en la puerta de un bar, en un tugurio donde se acostaba con prostitutas. Ese hombre había sido uno de los guardas del campo de Mauthausen. Era un sujeto virulento, que merecía ser odiado con total dedicación. Eduwa lo reconoció de inmediato. Nadie olvida a quien lo ha torturado de las peores maneras posibles. A Hans lo estaban pateando con mucha menos maldad de la que poseía en el cuerpo maltrecho. Sin embargo, Eduwa no se lo pensó dos veces: se lanzó contra los agresores y, con una calma inaudita, hizo volar a dos de ellos contra la pared. Los otros cuatro, sencillamente, huyeron. Hans Schafer estaba muy malherido. Tenía varias costillas rotas, así como un brazo. Eduwa lo llevó, a hombros, hasta la barraca que había construido en los suburbios de Dresden. Durante meses dividió lo poco que tenía con su verdugo. A pesar de no poseer nada, todos los días trabajaba: era mendigo. Mucha gente cree que ser mendigo no da trabajo, pero lo cierto es que mendigar da mucho más trabajo que trabajar. Postrarse de rodillas cansa mucho, pero humillarse cansa mucho más. Nada es más agotador que pedir, que implorar para vivir. Así vivía Eduwa, entre la mendicidad y algunos trabajos esporádicos. Todo lo que ganaba lo empleaba en pagar la comida de los dos: la suya y la de su torturador. Por eso, querido Marlov, no es de extrañar que, un día, tras la convalecencia, Hans Schafer volviera a ser él mismo: apenas tuvo fuerzas para dar una patada, fue justo lo que hizo. Eduwa cayó con su sonrisa delicada, cabizbajo, sin rechistar. El otro se quedó durante meses. Lo golpeaba con frecuencia y le quitaba todo el dinero que había ganado mendigando. Eduwa no abandonó nunca su barraca ni el deber de alimentar a su verdugo. Aparecía todos los días con unas monedas en la mano antes de que el otro lo dejara durmiendo al sereno.

—¿Murió?

—Aún no. Anasztázia Varga se hizo cargo de él.

—¿Otra hija de Zsigmond?

—Exacto, la más joven de los retoños legítimos. Nació poco después de que Lujza fuera expulsada de la casa. Su parto le costó la vida a su madre. Creció educada por criadas y criados, sin ninguna relación con sus hermanos. Era una persona dulce, completamente diferente de sus padres, una joven bonita, bondadosa e ingenua, un poco como de cuento de hadas y medio inadaptada en un mundo de guerras. Un día, por casualidad, mire usted cómo funciona este mundo, encontró a Eduwa en la calle, enfermo, casi agonizante, y lo llevó a la casa de los Varga. Durante casi dos años, Eduwa, una vez recuperado, fue el jardinero de aquella mansión. Anasztázia lo trataba con un cariño especial. Cuando Varga se enteró de esa amistad, obligó a su hija a deshacerse de Eduwa. Así lo hizo, pero le consiguió un cobijo y lo visitaba con regularidad llevándole comida y dinero. Eduwa murió de una neumonía en un invierno menos benigno. Anasztázia estaba en su cabecera y ese momento habría de ser, quizá, el más importante de su vida. Tendrá, me imagino, algunas dificultades para digerir tantas coincidencias, pero la vida es una compleja maraña de hilos. La mayoría son invisibles, por eso no podemos descifrar la manera como se anudan entre sí. Pero todo se toca, todos los acontecimientos están unidos entre sí por estas líneas. Lo que hago, al contar esta historia, es acentuar los que veo claramente y percibo como relevantes. Dejo invisibles muchos otros que no considero significativos y muchos más en los que no consigo establecer ninguna relación. Por eso estas historias, las historias de la vida, se parecen a los grandes milagros del destino: porque depuramos lo que no interesa, lo que no nos dice nada, para revelar solo lo esencial. Fíjese en que no hablo solo de grandes acontecimientos, sino que relaciono también los detalles, reconociéndoles, a cada uno de ellos, importancia y significado. Pero, como le decía, Eduwa se estaba muriendo y hacía como Sócrates. ¿Sabía que antes de morir Sócrates dijo que debía un gallo a los dioses, a Esculapio? Pues bien, Eduwa dijo lo mismo, y Anasztázia se sintió en la obligación de cumplir esa promesa. Cogió un avión y aterrizó en el Sudán francés. Por tierra, fue hasta Nigeria, pasando por el Reino de Dahomey después de cruzar el Alto Volga, la actual Burkina Faso. En aquellos tiempos, los viajes no se hacían como se hacen hoy, sobre todo cuando hablamos de una mujer sola.

—¿Viajó hasta África para sacrificar un gallo?

—No necesariamente un gallo, ya sabe, la diosa Oxum prefiere otras cosas. Anasztázia atravesó África para darle unos caramelos a una diosa llamada Oxum.

—¿Viajó tantos miles de kilómetros solo para dejar unos caramelos en un altar?

—Sí, reconozco que, para la época, fue una decisión arriesgada, pero es lo que pasó, no me estoy inventando nada. En el futuro: Anasztázia al volver de Nigeria conoció a un hombre del que se enamoró.

—¿Cómo se llamaba ese hombre?

—No es el momento todavía de decir su nombre.

Capítulo 75025

Fue un amor de ésos del siglo XIX o XVIII. Con todo el fuego que eso implica, pero también con toda la tragedia griega que subyace. Un día, estaban los dos en la cama cuando el amante de Anasztázia Varga le preguntó por qué motivo estaba ella allí. Repare en que se acostaban salvajemente desde hacía días, pero no habían hablado más allá de las trivialidades esenciales como saber el nombre y poco más. Por eso, cuando él le preguntó por su vida y qué hacía allí, ella le respondió contándole cómo había conocido a Eduwa y cómo este le había pedido, en su lecho de muerte, que pagara una deuda a los dioses: era preciso ofrecerle caramelos a la diosa Oxum. En el peor de los casos sacrificar un gallo a cualquier otro dios, tal vez a Changó.

—¿Y? —preguntó Marlov.

—Ahora le diré cómo se llamaba el hombre: Mathias Popa. Era justo el mismo nombre del hijo de Lujza Varga. El motivo de tal casualidad es muy sencillo: eran la misma persona.

—¿No había una diferencia de edad considerable?

—No. En realidad, Anasztázia era dos años más joven que Mathias Popa.

—O sea: Anasztázia estaba enamorada de su sobrino, se estaba acostando con él.

—Exacto. Cuando Popa le oyó hablar del jardinero, le preguntó a Anasztázia cuál era su apellido. Se habían conocido muy íntimamente, pero no habían usado los apellidos. Cuando Anasztázia dijo la palabra «Varga», Popa se levantó de la cama, como un autómata, y salió sin decir una palabra. Nunca más lo volvió a ver.

    Samuel Tóth dio unos pasos hacia un lado y convidó a Filip Marlov a seguirlo. En una sala contigua había innumerables obras de arte y fotografías colgadas. No solo en las paredes, sino también en mitad de la sala, como ropa tendida. Del centro se erguía una escalinata inmensa que unía los siete pisos.

    —Aquí, fabricamos vidas. No construimos ficciones, construimos la realidad. Multiplicamos al hombre, creamos nuevas maneras de ver las cosas. Convertimos a los personajes en figuras históricas. San Pablo consiguió transformar a un hombre en Dios. La materia prima de la que disponía, un sujeto, no tenía nada qué ver con el producto final. Fue refinado durante muchos años de concilios. Eso es lo que eleva a un hombre a la inmortalidad: sus ideas se convierten en universales y fecundan el mundo. Las palabras pueden entrar a los oídos de un número impensable, incontable, de personas. La creación de vidas se prolonga hasta el infinito. Convirtiéndonos en muchos, llegamos a ser todos, el Todo que es Uno. El hombre debe ser visto desde múltiples ángulos simultáneos y superpuestos. Un mismo hombre debe estar lleno de incoherencias y anacronismos y debe saber vivir con eso. Ponernos en el lugar de los otros, llenarnos de los otros, de los enemigos, de los amigos, de los ladrones, de las putas, de los ministros, de los taxistas, de los ingenieros, de los embusteros, de los generosos, de los salvajes, de los mentirosos, de los contrarios, de los miserables, de los budistas, de los banqueros, de los anarquistas, de los pilotos de aviones, de los cerdos, de los santos, de los cristianos, de los vecinos, de los locos, de los abominables, de todos, de todos sin excepción, incluso de los familiares lejanos y cercanos. Todos dentro de nosotros para que nos sea fácil comprender las diferencias y, eventualmente, encontrar cierta paz en medio de esa tensión. Las guerras tienen más dificultades para existir cuando las personas se comprenden unas a otras. Las bombas caen menos, los edificios tienden a quedar en pie, los cuerpos no se despedazan con la misma frecuencia, los brazos dejan de volar y es posible que las jaulas dejen de existir, que los campos de concentración se conviertan en museos para nuestra memoria. Aquí, como ya le he dicho, fabricamos vidas. Cogemos personajes de papel, finos como las páginas donde viven, y les damos existencia. Lo ideal es tener personajes de tierra, pero para eso es preciso hacerles vivir entre los hombres, hacerles ir a la compra, hacerles exponer sus creaciones, exhibir sus pensamientos, que los citen, que hablen de ellos. Oiga, señor Marlov, la existencia está hecha de testigos. Sin eso no hay nada. «El otro» es el que nos hace existir. Sin percepción, no hay nada. *Esse est percipi*, decía Berkeley con toda la razón: ser es ser percibido. Existimos porque hay testigos, porque hay espejos por todo el universo. Las relaciones con «el otro» son las que nos crean a nosotros. No hay ruido si no hay nadie que lo oiga. Un antiguo fragmento anónimo del siglo I después de la Hégira dice que, cuando Dios creó el pájaro, el cielo se hizo evidente. Estaba ahí en potencia, pero no era percibido. En fin, lo que hacemos es lo mismo que hacía Oskar Kokoschka: llevamos nuestras ficciones a la ópera.

—¿Y Mathias Popa?

—Conocí a Mathias Popa cuando compré esta casa. Su historia es la que dio origen a este asunto de llevar los personajes a la ópera. En cierta ocasión intenté contactar con Anasztázia Varga. Le envié una tarjeta, pero no obtuve respuesta.

—¿Puedo hablar con él?

—Lo veo difícil: Mathias Popa murió hace unos años. Algo en la cabeza.

Con el índice de la mano derecha, Tóth apuntó su propia cabeza antes de proseguir:

—El Mathias Popa que recuerda Anasztázia Varga es una persona mucho mejor, mejor definida, que el otro Mathias Popa, el que andaba por los burdeles y las salas de juego y se daba a la bebida. El Mathias Popa de Anasztázia Varga ha sido construido por el amor. Aunque el amor sea un mero producto bioquímico fabricado por glándulas y otras vísceras. En un sentido lato, como diría Empédocles, la fuerza aglutinadora del universo es el amor. Pero el universo está hecho de odio, de corrupción, de elementos que se alejan unos de los otros. De entropía. Si juntamos arena y sal no podemos esperar que nazca de ello una ventana, ni en millones de años. Pero si hay una ventana es muy fácil que acabe transformándose en arena. Basta dejarla al aire libre, basta dejar que la parte inorgánica de la naturaleza haga su trabajo. La destrucción es evidente en todo cuanto nos rodea, es un proceso fácil. La construcción sí que es difícil. A nuestro alrededor, lo que hay es odio, muerte: el universo es un predador. Una de las únicas cosas que combate esta entropía es la vida. Une células, une organismos, crea ciudades, comunidades, agrupaciones. El resto se deshace. Nosotros, seres vivos, luchamos, con todas nuestras fuerzas, contra el odio que nos rodea, pero lo que prevalece es el Dresden de 1945. Bastó un momento de odio para que cayera deshecha en cenizas. Un momento de amor no la hará alzarse de nuevo, para eso es necesario un esfuerzo inmenso. Luchamos entonces contra la mayor fuerza del cosmos, contra aquello que lo caracteriza, contra lo que hace: expandirse. El universo se expande, incluso en los momentos de ocio. Eso quiere decir que separa todo, hace que todas las cosas se alejen, que se disuelvan. El amor va juntando las piezas que puede —como un viejo jubilado que juega al dominó— y el universo está aquí para barajarlo todo de nuevo. Expandirse, desperezarse, como un gigante torpe que destroza todo a su alrededor: destroza los pájaros, los sistemas solares, las ventanas. Necesitamos recordar que la vida es un fenómeno que resulta del amor, de la unión, entre todas las piezas que la componen.

—Por eso Mathias Popa está muerto. Algo en la cabeza, ¿no es eso lo que ha dicho?

—Exacto, señor Marlov, exacto.

Capítulo infinito: el último

Filip Marlov telefoneó a Adele para explicarle, en pocas palabras, todas abruptas, el resultado de su investigación:

—Mathias Popa está muerto —dijo el detective—. De algo en la cabeza. Además, por si eso no fuera suficiente, era sobrino de su abuela. Vuelvo mañana a París.

Al día siguiente por la noche, Adele se reunió con Marlov para conocer la historia con más detalles. La oyó contada por el detective, que era una persona incapaz de comprender el tejido de las cosas, a pesar de su capacidad para memorizar y narrar detalles, y de una minuciosidad eficiente en lo que respecta al ambiente, a los gestos, a las expresiones. Describió la manera como Tóth se vestía, los gestos que hacía, describió con exactitud la casa concebida por Imre Lakatos. Pasó de refilón por lo que era abstracto y, por eso, Adele tuvo que imaginar lo que faltaba a la bidimensionalidad de la narración de Filip Marlov. Escuchó la historia intrincada de un bisabuelo que quería pesar el Mal y coleccionaba mariposas. Se sorprendió al vislumbrar la trama invisible que une todos los destinos o, si lo preferimos, todas las tragedias. Su abuela tendría que contentarse con sus recuerdos, con su pasado, con esas bolas de hierro, cabezas, que arrastramos a lo largo de la vida.

Adele Varga salió del despacho de Filip Marlov con una especie de rabia. No sabía contra quién dirigirla, pero se sentía herida por la manera en la que el universo trata nuestros afectos. Entró al bar más próximo y pidió un manhattan. En ese momento, mientras bebía, apareció un hombre a su lado. Hablaron de música porque él era músico y, al acabar la noche, se enamoraron para siempre. Se quedaron así, en ese estado tan poco natural, para el resto de su eternidad: luchando contra el universo. Al fondo, se oía una música de Django Reinhardt: *Tears*.

El pintor Kokoschka estaba tan enamorado de Alma Mahler que, cuando se acabó la relación, mandó construir una muñeca, de tamaño real, con todos los detalles de su amada. La carta a la fabricante de marionetas, que iba acompañada de varios dibujos con indicaciones para su fabricación, incluía las arrugas de la piel que consideraba imprescindibles. Kokochska, lejos de ocultar su pasión, paseaba a la muñeca por la ciudad y la llevaba a la ópera. Pero un día, harto de ella, le rompió una botella de vino tinto en la cabeza y la muñeca fue a parar a la basura. A partir de ese momento, la muñeca tuvo un papel trascendental en el destino de diversas personas que sobrevivieron a las cuatro mil toneladas de bombas que cayeron en Dresden durante la Segunda Guerra Mundial.

Tercera parte

Miro Korda (Minor Swing)

ENTRÓ A LA SALA. La gente se acercaba, antes que nada, a la mesa. Había muchas tapas y mariscos. Tampoco faltaban las bebidas. En el rincón, sobre una mesa, estaba sentada una japonesa de cuerpo muy delicado, cubierto con un vestido de un verde muy claro. Balanceaba las piernas como una niña. Ese movimiento hace más leves a las mujeres, más jóvenes, pensó Miro Korda. La japonesa tendría unos cuarenta años y llevaba un pato bebé en las manos. Korda pasó junta a ella y la saludó con un movimiento de cabeza. La japonesa le mostró el pato y Korda, con sus manos enormes, le hizo una caricia torpe en la cabeza. El pato pio y la japonesa se rio.

—¿Te gusta mi vestido verde?

—Me gusta. Aún será mejor después de maduro. ¿Es tuyo, el pato?

Ella no respondió. Miraba al pato con los ojos perdidos.

—¿Tocarás hoy?

—Sí.

—¿A qué hora?

—Cuando acabe la cerveza, ¿por qué?

—Por nada. Creo que el pato se está impacientando. ¿Quieres acariciarle otra vez la cabeza?

Miro Korda levantó la mano derecha y pasó el índice por debajo del pico del pato. El animal, en las manos pequeñas de la japonesa, agitó las plumas y abrió el pico. Parecía sacudirse el agua. Korda mojó el dedo en la cerveza y lo pasó por el pico del pato.

—Pero ¿qué haces? ¿Eres idiota?

Korda no contestó. Hizo un gesto con las manos (enormes) y subió al escenario. Se quitó la chaqueta y la colgó en el respaldo de la silla. No podía tocar sin una chaqueta colgada en el respaldo de la silla. Colocó el cenicero (siempre lo volcaba) de modo que no cayera y sacó un cigarrillo del paquete. Lo encendió y lo sujetó en las cuerdas de la guitarra, junto a las clavijas. Una vez afinada, tocó unas escalas para desentumecer los gruesos dedos.

No seré nunca un gran guitarrista, pensó Miro Korda mirándose las manos. Son muy grandes y me falta delicadeza. Hay trastes que tengo dificultad en pisar y la velocidad de los dedos es muy limitada. Los punteados de la mano derecha son toscos también, a veces sin querer toco en más de una cuerda.

Korda dejó la guitarra en el soporte, cogió la cerveza, volcando el cenicero, y se dirigió a la barra.

Acabó su actuación con una versión de *Minor Swing*. Su guitarra, de color miel, combinaba con el traje oscuro de rayas. Tocaba siempre con gafas oscuras y camisa blanca. Salió con la japonesa de vestido verde y fueron a casa de ella.

Korda caminaba impecablemente vestido y tenía los nudillos muy grandes. Parecían papas. Las uñas eran de color rosa y las llevaba siempre muy bien cuidadas. Intentaba caminar al mismo ritmo que los demás, en este caso la japonesa, pero le resultaba difícil, porque ella tenía las piernas demasiado pequeñas. A veces tenía que dar saltitos para seguir a los otros, pero siempre discretamente.

Anamnesis

—Tuvo un aneurisma y lo operaron —dijo Korda con un cigarrillo en la boca. La japonesa lo escuchaba con mucha atención, mientras enrollaba el vestido en los dedos—. Lo olvidó todo. ¡Todo! No sabía ni hacer un do. Él, que era un músico genial. Tuvo que aprender a tocar la guitarra de nuevo. Desde el principio. Es la prueba de que la anamnesis platónica es un hecho. Aprendió a tocar otra vez escuchándose a sí mismo. Ponía sus discos e intentaba imitarse. Consiguió volver a ser un gran guitarrista. Por eso me gusta Platón: ese asunto de que nuestra alma haya estado en contacto con las ideas y que, al llegar aquí, a la estación de Tercena, lo olvidemos todo. Después empieza la vida que no deja de ser un intento de recordar el mundo de las Ideas. Como le sucedió a Pat Martino. Nunca toqué con él, pero me gustaba preguntarle cosas.

—No había oído hablar de él. ¿Ese tal Pat Martino tuvo un aneurisma?

—Y después se olvidó de todo. Tuvo que aprender a tocar escuchando las grabaciones de sus propios discos. Es una historia real, no me la estoy inventando. Entra a una tienda de discos y busca en la sección de *jazz*. Pat Martino. Recuerda el nombre.

Ella abrió la puerta de la calle y subieron los dos por las escaleras. Miro Korda la cogía de la cintura y ella balanceaba su falta de caderas. Entraron al apartamento.

—Voy a dejar el pato en la caja.

Había, encima de un escritorio, una caja de cartón. El apartamento estaba impecablemente ordenado y casi sin muebles, parecía un jardín zen, despojado de tantas rosas y gladiolos. La televisión estaba en el suelo y había una silla junto al escritorio. El pato graznaba mientras Korda, con las manos muy grandes, cogía el cuerpo delicado de la japonesa. En su cabeza, canturreaba: *el pato venía cantando alegremente, cuac, cuac, cuando un chiquillo sonriente le pidió entrar también en la samba, en la samba, en la samba.*

Korda clasificaba a la gente por acordes musicales

KORDA CLASIFICABA A LA GENTE por acordes musicales. Iba por la calle atribuyendo acordes a las personas que se cruzaban con él. Hacía lo mismo con los amigos, con los familiares, con los conocidos y a veces con los objetos.

Un pesimista es un acorde menor.

Una mujer sofisticada es un acorde de novena.

Una adolescente con un vestido muy liviano es un acorde de sexta.

Si conserva un aspecto jovial después de los treinta es un acorde de décimotercera.

Los filósofos con barba son acordes de séptima disminuida. A veces son notas sueltas.

ploc-ploc-ploc

Subió al tren con un periódico bajo el brazo. Se apoyó en la barra para leer los titulares. Se distraía, a veces, cuando unos zapatos femeninos entraban en su campo visual. Normalmente alzaba los ojos para ver la cara. Después le atribuía un acorde. Cuando conocía a alguien podía ver una estructura musical y una composición. Cuando hablaba con las personas más cercanas sentía la melodía correspondiente sonando junto a las sienes. Era una sensación sutil, pero concreta, un hormiguero de sonidos.

Ese día, no vio zapatos, por eso leyó el periódico —solo los titulares— de cabo a rabo. Bajó en la Baixa y tiró el periódico.

Se peinó las cejas en el escaparate de una pastelería, con los pulgares. Bajó por la calle Garret golpeando con los tacones en el suelo: ploc-ploc-ploc.

La muerte es esa máquina que lee los códigos de barras en los supermercados y demás

LA NOCHE YA ERA DÍA cuando Miro Korda acabó de beber un whisky más. Salió con su paso torpe y menudo, se apoyó en una pared cualquiera. Dejó la guitarra y se pasó las dos manos por la cara para peinarse las cejas. A continuación, sacó el paquete de tabaco del bolsillo. Encendió un cigarrillo con una lentitud alcohólica y llenó los pulmones mientras miraba el cielo repleto de nubes. En aquel momento le pareció que llenaba sus pulmones de nubes. Parecía que iba a llover.

El Barrio Alto estaba casi desierto a aquellas horas y quien pasaba por allí no tenía aspecto de ir buscando hacer amigos. Korda no tenía miedo. Con su bigotito años veinte, algunos cabellos blancos muy bien peinados mezclados con los otros, miraba a quien pasaba con la tranquilidad de quien no tiene miedo y/o está borracho. Sus manos gruesas podrían torcer una barra de hierro hasta que pidiera misericordia. Tenía nariz de águila, ojos azules y un traje de franela, de rayas y hecho a medida, que le sentaba a la perfección. Apagó el cigarrillo con el tacón del zapato (un tacón demasiado grande para la humanidad, pero en particular para un hombre) y cogió la guitarra para ir a su casa. Miro Korda no era nada alto y eso lo incomodaba. Era un hombre que hacía todo lo posible por llevar tacones en los zapatos de manera que le proporcionaran la altura que le faltaba en el alma. Es siempre lo mismo, lo que nos falta fuera de nosotros solo es el reflejo de lo que nos falta dentro. O viceversa. Sus grandes tacones le servían, decía, para bailar tango, baile en el que era un perfecto inútil.

Una vez, en un club nocturno de Buenos Aires, después de haber tocado durante hora y media, se había fijado en un viejo muy flaco que llevaba unos tacones enormes y bailaba con una puta de pechos colosales. Miró con tanta insistencia a la pareja que ella, pensando que era el motivo del interés, se sentó en la mesa de Korda. Sin rodeos, le pasó la mano por la ingle mientras pedía dos bebidas. Para ella y para Korda. Sus labios, pringados de muchas noches de tango, pasaron fugazmente por los labios desiertos de Korda.

—Me llamo Mercedes.

—Miro.

Bailaron algunas piezas hasta que apareció un hombre, con un micrófono, anunciando que, con el *hip hop* que oirían a continuación, el futuro estaba asegurado. No estaba asegurado, eso lo podía asegurar Korda, pero pudo descansar un poco del tango y de las manos de su compañera.

—¿De dónde vienes?

—Portugal.

—Yo soy profesora de inglés. Doy clases en una escuela privada. De noche vengo aquí a bailar —el baile lo es todo en esta vida— y a divertirme. También me ayuda a cuadrar las cuentas a final de mes. Pero no me voy a la cama con cualquiera, uno, en el fondo, lo útil con lo agradable. ¿Ese nombre es portugués?

—Es un nombre artístico. Mi nombre de pila es Ramiro Corda.

—Entiendo. Yo también uso Mercedes, pero no es mi nombre verdadero.

—¿Cuál es tu nombre?
—¿El verdadero?
—Sí, ese.
—No lo sé todavía, pero siento que el nombre de pila, el que nos dan al nacer, no es nuestro nombre, ¿comprendes? Hay otro oculto bajo nuestras arrugas, bajo nuestras desgracias, que es nuestro código de barras, como el de las compras. Un día, cuando esté a punto de morir, con la muerte en los ojos, sabré qué nombre es ese. El último suspiro es justo eso, Miro, nuestro nombre verdadero. Está claro que nadie lo entiende. Es muy difícil traducir un suspiro en una persona entera, a un alma infinita. Pero ese suspiro es eso, es un nombre eterno, un nombre artístico como dices. La muerte es como esa máquina que lee los códigos de barras en los supermercados y demás.

—Miro es como mis padres me llamaban de niño. Me quedé así, mutilado de mis dos primeras letras. Después sustituí la ce por la ka, en el apellido, solo por razones estéticas. No sé nada sobre ese último suspiro, aún soy joven para saberlo.

Él no prolongaba mucho las conversaciones, pero ella tenía una lengua larga llena de preguntas y respuestas:

—Profesión.
—Edad.
—Estatura.
—Religión.
—Signo solar, lunar y ascendente.
—Ideas políticas (aquí ella dijo que la única derecha a tener en cuenta lo sería solo después de girar dos veces a la izquierda). Korda no entendió la frase. Ella hizo un dibujo en una servilleta.

Una gran mentira, eso es lo que somos

—No eres muy hablador —dijo ella.

—A veces soy una cotorra. Hablo mucho. Un amigo mío, que toca el saxofón no demasiado bien, se pasa la vida haciéndome callar. Dice que hablo mucho.

Korda despertó en una pensión del centro con la mujer enorme y una resaca exactamente de la misma medida. Seguía teniendo en la memoria al viejo bajito, calvo y con tacones muy grandes. Iba impecablemente vestido y bailaba como si Gardel fuera su sombra. Korda le preguntó a Mercedes quién era el viejo:

—¿Quién era el hombre con el que bailabas ayer?

—Filetas. No sabe bailar, pero tiene porte. Eso es esencial. Hay hombres que me cogen como si fuera un vestido delicado, de esos con etiquetas finas. Filetas sabe coger a una mujer.

Mientras decía esto, Mercedes se agarró un muslo con energía y puso cara de esfuerzo. Sus mofletes temblaron y el color blanco del rostro enrojeció. Después, se agarró las tetas con fuerza y puso la misma expresión.

—Esto (señalaba su cuerpo) es como si fuera un toro —dijo—. Hace falta mucho aplomo. Filetas es tan liviano que cualquier mujer lo haría levitar con el humo de un cigarrillo, pero lo ha sabido compensar con unos buenos tacones, unas manos poderosas (como las tuyas) y ese aplomo que tiene. No hay nada tan potente como un buen aplomo. Los tacones solo revelan eso.

Korda asintió con un gesto.

—Hay que tener aplomo —continuó ella— para no levantar el vuelo, para tener raíces aunque se muevan los pies con la gracia del tango. Un hombre debe tener siempre los pies bien firmes en la tierra, incluso cuando salta al abismo. Hace falta mucha seriedad. La levedad no le sirve a una mujer. Bailar tango parece algo ligero, pero eso no es serio. He visto a algunos bailar con una sonrisa. Esos no tienen nada qué ver con el tango. Son artistas de circo que memorizan una coreografía. No hay nada más grave que este baile. He perdido a muchos familiares antes de poder bailar como bailo. Muchos funerales, muchas desgracias y después, en mitad de la tragedia, aparece el tango. Pero no es algo alegre. Es serio.

—Un hombre debe tener los pies bien firmes en la tierra, incluso cuando salta al abismo —repitió Korda pensativamente—. Los hombres nunca ríen cuando follan. He oído decir que no se pueden tener hijos en el espacio porque no hay gravedad. No hay seriedad. El sexo no es ninguna broma. Por eso ponemos caras de dolor. No reímos.

—Nuestra vida depende de la levedad que le damos al peso y viceversa.

—Y viceversa —admitió Korda—. Uno de los mayores placeres del hombre se hace con cara de sufrimiento. Es evidente que somos una gran contradicción.

—Una gran mentira, eso es lo que somos.

Soy un ateo no practicante

—MAÑANA MARCHO A PARÍS —dijo Miro Korda.
—Me abandonas.
—No, padre. Voy a tocar.
Emilio Korda miraba la taza muerta, sin café. Miro Korda hacía lo mismo.
—La vida es jodida —dijo el padre—. El otro día estaba en un restaurante y entendí eso del infierno y el paraíso. Es muy sencillo. Imagina un restaurante donde hay un grupo de personas que se divierten. La comida les parece sabrosa, hablan entre sí, corre el vino. Son felices, en suma. En otra mesa hay otro grupo de personas que se miran con odio, esconden las sonrisas, dicen que sí pero quieren decir que no, se agreden, roban comida, arrojan comida. Se quejan de la calidad del servicio. ¿Te das cuenta de cuál es el problema? El restaurante es el mismo, el chef es el mismo, la carta es la misma, pero unos se divierten y otros no. El paraíso y el infierno son el mismo restaurante. Lo que cambia son las personas que se sientan a tu mesa. ¿Vuelves cuándo, de París?
—Lo del restaurante no me dice nada. Vuelvo dentro de una semana.
—Lo del restaurante no te dice nada porque eres un ateo. Comes tortillas, pero no crees en las gallinas.
—En realidad, padre, soy un ateo no practicante.

—En ese restaurante hay también una tercera mesa. Con un padre solo, sin nadie a su alrededor.
—Vuelvo dentro de una semana.
—Un padre solo, es lo que hay.

Miro Korda hace una venia

MIRO KORDA HIZO LAS MALETAS y cogió el avión. Se sentó toscamente (o el espacio era tan minúsculo que parecía que se había sentado toscamente) y abrió una botella de vodka polaco que había comprado en el *duty free*. Bebió dos o tres vasos, sin hielo ni vacilaciones, acompañados de una pastilla para dormir y otra para el mareo. Observó el cuerpo de las azafatas y simuló prestar atención a las instrucciones dadas: la puerta de emergencia, las máscaras, las gesticulaciones con todos los brazos, las luces del suelo, los chalecos. Reclinó el asiento solo para poder ser reprendido por ellas (levante el respaldo del asiento, dijo una de ellas, y él sonrió con una sonrisa maliciosa). Se durmió enseguida, antes de que despegara el avión. Se despertó varias veces para que los pasajeros vecinos pudieran ir al baño y para acabar con la botella de vodka polaco. Cuando el avión aterrizó, algunos pasajeros aplaudieron y Korda se levantó, extrañado (dormía profundamente) e hizo una venia, agradeciendo los aplausos. Cayó en su asiento, el 14G, y volvió a dormirse. Se necesitaron dos azafatas para despertarlo.

Miro Korda en París

BUSCÓ UN HOTEL, pero todo lo que encontró fue una pensión. Estaba por nevar.

Asalto

Korda caminó algunos metros con su guitarra antes de oír unos gritos. Eran las cinco de la mañana. Los gritos venían de una transversal. Korda, titubeante, se detuvo a mirar hacia su izquierda. Al aguzar la mirada, vio una muchacha que era asaltada por dos hombres. Cruzó la calle con la guitarra y —cuando llegó junto a la chica, que se agarraba a un asa del bolso mientras uno de los hombres agarraba la otra— la posó con mucho cuidado. Un segundo atracador intentaba sujetar los brazos de la chica, pero ella sabía defenderse. No era un atraco fácil. La mujer tenía una agilidad fascinante y el pelo negro y suelto, casi tan flexible como sus largas piernas. Era delgada, sin ser muy alta, y tenía una pequeña peca junto al ojo izquierdo. Sus piernas se disparaban en patadas violentas que los hombres paraban con dificultad.

Cuando vieron a Miro Korda, los atracadores se detuvieron, intentando entender qué quería aquel intruso de bigote anacrónico. Korda no dijo una palabra. Atajó el discurso con un puñetazo que acertó en el hombre que tenía más cerca. La violencia del impacto fue tal, y el ruido tan increíble, que el otro echó a correr. Korda miró a su alrededor y todo lo que vio fue a un atracador tumbado en el suelo. La mujer había huido al acercarse él.

El momento le pareció propicio para vomitar y fue lo que hizo. Sacó un pañuelo para limpiarse la boca. Se pasó las manos por las cejas y el pulgar por el bigote. Cogió la guitarra y se dirigió a la pensión.

La tormenta lo despertó en mitad de la noche. Tenía el corazón desbocado y la respiración ahogada. Fue al minibar y se sirvió un jugo de naranja. Encendió un cigarrillo y se acercó a la ventana. La ciudad de las luces se iluminaba a intervalos con los relámpagos. Korda empezó a sentir frío y se acostó. Tardó un poco en dormirse, se sentía extrañamente agitado.

Se despertó con un fuerte dolor de cabeza y se tomó una aspirina. Se peinó las cejas con los pulgares y fue a desayunar: varios vasos de jugo y pan con queso y dulce.

Pasada la semana de compromisos, cogió un taxi hasta el aeropuerto y volvió a Lisboa.

Puñetazos a las paredes

A TRAVÉS DE LAS PAREDES se oía la retransmisión del partido de fútbol. Emilio Corda golpeó el yeso con los puños y gritó que le bajaran al radio. La retransmisión subió de tono. Gritos ahogados se mezclaban con los goles, las faltas en el área y los tiros de esquina por marcar. Una de las amarillas estuvo bien señalada.

Korda escuchaba un disco con las siguientes canciones: *Fly me to the moon, I've got my love to keep me warm, Minor swing, Weed smoker's dream, Caravan, Lazy bones, My funny valentine, Stardust, You belong to me, Brother can you spare a dime?, Moanin' Low, Primitive man, Sway, Strange fruit, Forgotten man.* Cuando el disco acabó volvió a escuchar las mismas canciones: *Fly me to the moon, I've got my love to keep me warm, Minor swing, Weed smoker's dream, Caravan, Lazy bones, My funny valentine, Stardust, You belong to me, Brother can you spare a dime?, Moanin' Low, Primitive man, Sway, Strange fruit, Forgotten man.*

El padre seguía golpeando las paredes.

En mis tiempos era gaznate

—¿CÓMO ESTÁS? —preguntó Miro.

—No creo nada de lo que se dice por ahí —respondió el padre doblando el periódico y dejándolo encima de la mesa de la cocina.

—Me refería a la resaca, pero ¿qué se dice por ahí?

—Que el hombre viene del mono. Eso puede que sirva para algunos de nosotros, pero no para todos. Aún quedan personas decentes, no hay que ser tan pesimista. Aunque los grandes perjudicados con esa teoría de la evolución de las especies no han sido los curas, sino los monos. No se lo merecían. Ayer fui al médico y al salir compré dos botellas de aguardiente. Me bebí una a mi salud y otra a la del mundo. El médico me pidió que abriera la garganta y yo le dije, doctor, en mis tiempos era gaznate. Me metió ese palito ridículo en la garganta (antes gaznate) mientras yo decía aaaah. Ese palo helado es un instrumento de tortura. ¿Dónde está la OTAN en esos momentos? Y las revisiones de la próstata, Miro, ¿te haces una idea de la humillación que suponen? Es algo medieval. Te hace clamar por la hoguera. Lo confieso todo, dije una vez, pero el doctor seguía con los dedos metidos en mi culo. Lo confieso, gritaba yo. Ayer, me metieron una aguja que serviría para asar carne. Gruesa como mi dedo meñique. Me quedé rojo durante una semana. Solo me sentaba con fórmula médica.

—¿No fue ayer?

—Justamente. Me quedé rojo durante una semana. Además, me robaron la mitad del hígado. Tengo medio órgano. Los médicos son unos ladrones. No curan. Se han inventado la cirugía para robarnos cosas. Cuando hay una enfermedad, extraen. Eso no es curar, es robar. Nos vamos haciendo más pequeños y ellos más ricos. Lo que no falta por ahí son enfermedades para llenarse los bolsillos. Hay más enfermedades afectando a la humanidad que humanidad afectando a las personas. Así están las cosas. El médico se harta de ganar dinero y nosotros nos vamos quedando sin órganos. Se puede contabilizar la decadencia con esta pregunta: ¿cuántos órganos menos tienes?

—¿Cómo va la resaca?

—Se ha muerto el Pamplona.

Emilio Corda se rascaba las venas azules de la nariz.

—¿Cuándo ha sido? —preguntó Miro.

—Cuando su corazón, el muy perezoso, ha dejado de trabajar. Anteayer por la noche. Me llamó su mujer.

—¿Cuándo es el entierro?

—No pienso ir.

—¿Cómo que no? Era tu mejor amigo.

—De eso nada. El otro día entré a su casa y encontré dos cintas de video.

—¿Y qué?

—No tenía dinero para comprar espinacas para la sopa. Ni siquiera tenía tele.

—Puede que no fueran suyas.

—Eran suyas. Cuando observé que las tenía en una mesita del salón, empezó a tartamudear y a decir que no eran suyas.

—¿No decía la verdad?

—Cogí las cintas. Eran películas clásicas en blanco y negro. Películas que habíamos visto en los años cincuenta cuando yo le pagaba la entrada a cine porque él no tenía un céntimo para comprar espinacas para la sopa. Se presentaba en casa y mi madre (tu abuela) le daba de comer. Estaba en los huesos. Yo le pagaba la entrada a cine. Hace un mes fui a su casa y me encontré aquello en la mesita del salón. Oí las explicaciones que se inventó: que eran de un amigo, pero yo lo conozco, o mejor dicho, lo conocía, y noté que escondía alguna cosa. Su mujer me lo explicó todo esta mañana. Ya no podía más. Como ya sabes, el Pamplona y yo jugábamos, todas las semanas, a la lotería. Desde hace treinta años. Yo nunca comprobaba nada porque él se encargaba de todo. Cuando ganábamos algo, lo invertíamos la semana siguiente o lo gastábamos en una cena de mariscos en Alcântara. Pero el muy cabrón, hará unos veinte años, ganó el primer premio de la lotería. Un dineral. No me dijo nada, me lo ocultó. Por una parte no quería dividir la plata, por otra no quería perder mi amistad. Por eso seguía viviendo como un pobre y solo comía bien cuando yo no estaba presente. Se llegó a comprar una tele. Y, más tarde, un reproductor de video para ver películas en blanco y negro. De esas de detectives. ¡Lo que nos llegaban a gustar Bogart, Lauren Bacall y los diálogos escritos por Chandler! Llegué a regalarle al Pamplona una gabardina igual a la que llevaba Bogart en la película *Al borde del abismo*. Una amistad de cincuenta años y, en los últimos veintipico, cuando yo iba a su casa, escondían todo en la habitación, debajo de la cama, en un cajón: la televisión, el video, un procesador de alimentos y el cuadro de un impresionista. Qué vida tan estúpida. Su mujer ya no podía soportar esa situación. Miles de billetes en el banco y no poder gastarlos a su antojo porque el Pamplona no se lo permitía. Se quería comprar un vestido, pero no podía. O si se lo compraba tenía que ponérselo en la tierra de su familia, donde yo no lo pudiera ver. Más de veinte años así. Ahora el Pamplona murió y ella se quedó con el dinero. Me lo contó todo, pero no me va a dar nada. Aunque yo hubiera pagado la mitad de aquel billete de lotería. Le dije que se lo meta por el culo y aún le dije más, que en el caso de que tuviera la decencia de hacer lo debido y darme mi parte, lo que me pertenece por derecho, se lo daría todo a los pobres porque no quiero nada suyo. Décadas viviendo como dos miserables, solo por no compartir el dinero.

—¿No irás al entierro?

—¿No oíste lo que te acabo de contar sobre las cintas de video y las películas en blanco y negro?

Al día siguiente: la noche entera

AL DÍA SIGUIENTE, Korda tocó la noche entera, mucho más tiempo del que le pagaban por tocar.

¿Te has dado cuenta de que
todo es materia bruta?

LA MAÑANA ESTABA NUBLADA y Miro Korda atravesó la humedad con lasitud. El pelo, impecablemente peinado, parecía echarse ligeramente hacia atrás mientras se desplazaba. Los tacones de sus zapatos golpeaban la calle y hacían un ploc-ploc semejante al de la lluvia al golpear el cristal de la ventana. El café de Magro estaba en una esquina y era allí donde Korda, como un ritual, desayunaba café, aguardiente, dos cigarrillos y una entrada. Normalmente una croqueta.

Los tacones de sus zapatos, al entrar, hacían que Magro empezara a preparar el desayuno de Korda. Servía diligentemente el aguardiente, sacaba el café y le recomendaba la entrada.

—Las empanadas, hoy, están deliciosas, la quintaesencia del marisco con una masa perfecta. Han sido necesarios diez mil años de civilización para culminar este prodigio de la cocina al que, humildemente, llamamos empanada. ¿Querrás una? ¿O prefieres herir mi sensibilidad optando por un pastel? También están buenos.

—Buenos días, Magro. ¿Me pones una croqueta?

—Has elegido bien, yo no lo hubiera hecho mejor. Tienes ojeras, Korda. ¿Una mala noche?

—Ni siquiera eso. Un re disminuido completamente a destiempo, pero el público, gracias a Dios, es sordo para estas cosas. Hace unos meses vi como atracaban a una mujer. No me lo saco de la cabeza, el atraco. No recuerdo su cara, pero esta noche incluso he soñado con la escena.

—Este mundo es un peligro.

—La ayudé —Korda le mostró el puño— y huyó sin darme las gracias.

—Este mundo es una falta de educación. ¿Te has dado cuenta de que todo es materia bruta? ¿Cómo va a nacer un espíritu refinado de algo tan grosero como la materia bruta de este mundo? Uno mira las vueltas que dentro de la caja craneal dan esos intestinos a los que llamamos sesos y no entiende cómo algo tan gris puede tener una idea, cuanto más algún tipo de cortesía. Aquí tienes el café.

Korda bebió el café, pensativo, mientras Magro metía los platos en el lavavajillas. Sacó un cigarrillo y lo encendió. Pidió el periódico para leer las páginas de deportes.

—¿Algo más, Korda? ¿Una empanada?

Miro Korda pagó y salió del café. Paseó un poco, entró a una librería, compró dos libros y volvió a su casa. Se estiró en el sofá junto al cigarrillo encendido, un cenicero y un libro de Heinlein. Se durmió media hora más tarde y se despertó media hora después, algo sobresaltado. Se quitó la ropa, puso el despertador a las 17 horas y se echó en la cama después de tomar un analgésico. Volvió a dormirse.

Mi vida es un desierto, si dejo de beber me deshidrato

KORDA SE DESPERTÓ ANTES que el despertador. Su padre se inclinaba sobre él, distorsionado, con la nariz a reventar de venas azules y rojas. Las manos no euclidianas de Korda se agarraron a los hombros de su padre y lo alejaron. El padre, Emilio Corda, se deslizó por la pared y se acomodó en el suelo. Miro se levantó y se inclinó sobre él.

—¿Otra vez borracho?

—No he bebido nada.

—Tienes que dejar de beber.

—No puedo. Mi vida es un desierto, si dejo de beber me deshidrato.

Korda lo cogió y lo ayudó a acostarse. Empleó más de media hora en hacerlo, incluido cambiarle la ropa. El padre se durmió.

Korda fue a la cocina a freírse dos huevos con pimienta. Comió en la sartén con la cuchara de palo, se le cayeron unos pedazos al suelo. Se tambaleó un poco en dirección a la habitación y le echó un vistazo a su padre. Resoplaba panza arriba. Korda le arrojó una manta, que cayó, medio muerta, sobre las piernas y parte del tronco.

Reserva para una persona

KORDA TOCABA POR TODO EL MUNDO y se ausentaba cada vez más: en Panamá, en cruceros, en el Algarve, en Suiza, en Japón, en Francia, en los Estados Unidos, en México, en funerales, en Alemania, en Austria, en Singapur, en bodas, en fiestas de cumpleaños. A medida que tocaba, su padre pasaba más tiempo solo en una mesa de restaurante. Y así habría de ser durante el resto de su vida y quién sabe si durante la eternidad de la muerte.

Adele Varga, la de la vida real

Ninguno de los dos tuvo paciencia para tratar a un niño

DE TODAS LAS COSAS que se podían decir de Adele Varga, la más evidente era la energía de sus gestos, casi violentos incluso cuando eran tiernos. Pasó una infancia alejada de muchas cosas, educada por su abuela, sin padre ni madre. Ninguno de los dos tuvo paciencia para tratar a un niño, nunca estuvieron cerca de ella, probablemente no estuvieron nunca cerca de nadie, ni de sí mismos. Se divorciaron dos años después de su nacimiento. El padre, un abogado sin mucho éxito, era un hombre voluble, que siempre deseaba estar donde no estaba, con densas ojeras y una sonrisa deslumbrante y franca. Sus ojos azules casaban muy bien con su piel más oscura. Iba siempre sin afeitar, con el pelo revuelto y el nudo de la corbata flojo, con una ligera displicencia tan natural en él que nadie notaba, ni en los momentos más solemnes, que estaban ante una especie de salvaje licenciado en derecho. La madre de Adele Varga era una mujer delgada, guapa, que se gastaba una fortuna en vestirse mientras a los hombres les costaba una fortuna desnudarla. No hay mucho más que decir sobre ella. Estaba muy ausente en su casa y muy presente en los demás sitios.

La familia es un fenómeno más complejo que una abuela

DE PEQUEÑA, ADELE pasaba mucho tiempo sola, jugando con muñecas (el padre le regalaba muchas, casi todas rubias, casi todas morenas). Intentaba darles vida, las vestía y las sacaba a pasear, las llevaba a la ópera, las bañaba y dormía con ellas, probando así que la ficción, y no el perro, es la mejor amistad del hombre. Y la primera también. Desgraciadamente, envejece demasiado deprisa y tiende a arrugarse a medida que nos vamos haciendo maduros, pasando a ser una sombra o una mentira. Así es como el hombre se hace completamente pobre, rara vez tiene que ver con el dinero acumulado. Las horas de soledad de Adele Varga le proporcionaron una manera muy suya de estar, alguna independencia y poca paciencia para convivir. Le gustaba la gente, claro, pero evitaba a ciertas personas, sin ningún pudor, formalismo o urbanidad. Tenía fijación por diferentes artes de varios tipos, con clara preferencia por las marciales. En la adolescencia practicó varias, la mayoría japonesas. Aunque la abuela, como era propio de su temperamento, le prestaba toda su atención, no bastaba. Adele Varga estaba segura de que la familia era un fenómeno más complejo que una abuela.

La danse macabre

La mejor amiga de Adele Varga, durante la adolescencia, era una prostituta llamada Paulette que hacía descuentos a los hombres de izquierda. A los otros les hacía pagar pomposamente. Con lo que le sobraba de los gastos cotidianos, pagaba (con el mercado libre de su cuerpo) la lucha personal que libraba contra el capitalismo. Mandaba imprimir carteles de propaganda comunista y los pegaba en las paredes.

Paulette era tan delgada como Adele Varga, pero con una silueta completamente distinta. Tenía pechos inexistentes y caderas huesudas. Los pies eran grandes y chatos. Vivía con un hombre mucho más viejo que ella, que parecía quererla, a pesar de mostrar una indiferencia solemne ante las actividades nocturnas de Paulette, tanto las más políticas como las más sexuales. El viejo a quien Paulette llamaba «viejo» era un ávido coleccionista de esquelas de la sección necrológica de los periódicos. Tenía obituarios de todo el mundo, a miles, archivados en innumerables dosieres, que ocupaban todas las estanterías de la sala, y, en su habitación, las paredes estaban llenas de recortes, de esquelas con las debidas fotografías y cruces negras, fallecimientos desde el suelo hasta el techo, en un cortejo fúnebre. Muertos colgados por centenares. El viejo nunca hablaba de esa *danse macabre* particular, su colección de muertos pegados con celo o archivados burocráticamente, pero, como había sido oficial de la Legión Extranjera, tenía siempre muchos desiertos que contar, historias mucho más negras que las de los recortes de periódico. Conocía todas las serpientes, de las más venenosas a las más sabrosas, y contaba historias de guerra que, de tan atroces, solo podían ser verdad. Adele sentía un placer extraño, casi sensual, cuando escuchaba aquellas batallas. A Paulette también le gustaba escucharlo, se reía muy alto y, a veces, lo llevaba a la habitación, para tener sexo junto a los muertos colgados con celo. Adele, una vez, se unió a ellos y fue así como inició su vida sexual.

Un día, Paulette desapareció

UN DÍA, PAULETTE desapareció. Adele Varga la buscó en todos los sitios que la amiga solía frecuentar, pero no obtuvo ningún resultado. El viejo no quería saber y la Policía tampoco. De noche, siempre que salía de noche, miraba las paredes con la esperanza de ver los carteles de propaganda que la amiga solía pegar. En vano.

Plasmodium vivax

ADELE VARGA HIZO UN CURSO de economía, solo para tener un argumento académico para trabajar. No consiguió un empleo en lo suyo, por eso empezó a trabajar en bares y, más tarde, en otros bares. Alquiló un apartamento, ya que sentía la necesidad de cierta independencia. A su abuela no le gustaba la vida que llevaba, pero no la contrariaba en absoluto, pues ese no era su carácter, al contrario, la cuenta de la nieta tenía siempre mucho dinero para gastar.

Un día, cuando salía sola del trabajo —en una transversal de los Campos Elíseos— atracaron a Adele. Llegó a su casa herida en el muslo derecho, en el brazo del mismo lado y en la espalda. El portero, al verla llegar sin la firmeza de siempre, le preguntó si necesitaba algo. Adele sonrió suavemente, se apartó el pelo, dejando ver el arañazo en la mejilla, y contestó que no, muchas gracias. Subió en el ascensor en vez de hacerlo por las escaleras como habría hecho en otra ocasión que no hubiera estado precedida por un atraco. Entró al apartamento, dejó el bolso y abrió la nevera. Sacó un agua mineral y la bebió mientras iba a la habitación. Se detuvo ante el espejo de la habitación: el arañazo de la cara se lo había hecho con el asa del bolso, cuando intentaron quitárselo. Se sacó la camiseta y se observó la espalda girando el cuerpo como podía.

Junto al tatuaje de una flor japonesa, tenía una mancha negra. Le dolía la pierna derecha porque se había golpeado en una esquina de piedra. Nada grave. En cuanto al brazo, era un dolor muscular. Se acostó sin quitarse la falda, las medias ni el sostén. Se sacó los zapatos con los pies y se durmió enseguida, con la luz encendida, un zapato encima de la cama, la camiseta caída en el suelo y una botella de agua vacía en la mesilla de noche. Al día siguiente, al despertarse, decidió marcharse y reconsiderar su vida. La abuela se puso contenta con el cambio o tentativa de cambio. Propuso un viaje para ver las cosas con un poco de perspectiva y Adele estuvo de acuerdo. Los dos años siguientes trabajó como voluntaria en África. Al cabo de esos dos años contrajo la malaria en Costa de Marfil y regresó a París. Tuvo más ataques en los años siguientes. Cada vez que empezaban los temblores violentos, siempre al ponerse el sol (acabó con el romanticismo asociado a ese momento del día), se ponía a rezar confusamente. La malaria crónica la acompañó durante mucho tiempo, mucho más de lo que sus padres la acompañaron.

Empezó entonces a morir con más intensidad

LA ABUELA DE ADELE, ANASZTÁZIA, que había sido siempre muy activa en causas benéficas, empezaba a dar muestras de cansancio: su optimismo había encanecido con ella. Anasztázia estaba irremediablemente vieja, rugosa, enraizada en su pasado como un sauce. Se lamentaba de la vida, algo que no acostumbraba hacer. Se había mostrado siempre enérgica, batalladora, y tenía siempre, de cabecera, un libro de Bertrand Russell que la alentaba particularmente a actuar en beneficio de los demás para felicidad propia. Anasztázia Varga no necesitaba un libro como ese, porque ella ya era así.

El libro le servía solo para confirmar su manera de estar en el mundo. Pero los años derrotan muchos optimismos, muchas maneras de ser felices, eso fue lo que le pasó a Anasztázia. La caridad, que siempre había sido una característica demasiado suya, se había agotado por la vejez, por las memorias que la perturbaban y la hacían temblar bajo la pregunta más cruel de todas: ¿No habría sido mejor si hubiera obrado de otro modo? Empezó entonces a morir con más intensidad: moribunda, tendida en la cama sin ninguna autonomía, suspiraba continuamente por un hombre que había conocido muchos años atrás en un barco.

Habían vivido un amor arrebatador y la había abandonado sin ningún motivo. Anasztázia Varga se había quedado embarazada de ese amor. Y, en ese momento, en la cama, a la espera de la muerte, solo pensaba en el pasado, en el amante que la había convertido en madre.

> Las memorias no se guardan solo en la cabeza, en todo el cuerpo, en la piel, sino también en cajas de cartón escondidas/ordenadas en armarios

ADELE HABÍA OÍDO TANTAS VECES aquellos suspiros que clamaban por Mathias que, un día, tomó una decisión: saldría a buscar al hombre que era su abuelo. Estuviera vivo o muerto. Partió en dirección al armario, a la caja de cartón donde se guardan las memorias, para ver si encontraba alguna pista.

Todo se resumía en una tarjeta donde podía leerse: «¡Eurídice! ¡Eurídice!» y, en el reverso, el nombre: Mathias Popa. Otra tarjeta, de un restaurante italiano, tenía un sencillo «te amo» escrito con tinta imborrable. Como debe escribirse el amor:

con tinta imborrable.

Adele Varga cogió un listín telefónico y encontró rápidamente la dirección de la editorial ¡Eurídice! ¡Eurídice!

No perdió tiempo y cogió un taxi que la dejó delante de un edificio antiguo. Subió hasta el segundo piso, donde se topó con un cuadro: *El triunfo de la muerte*, de Bruegel. El rótulo decía algo sobre Dresden. La librería era muy pequeña y se llamaba Humillados & Ofendidos, un espacio cúbico sin más pretensiones geométricas. Un hombre de piernas finas, que cojeaba de la pierna derecha, la atendió con una simpatía poco corriente. A Adele le gustó el hombre y sus gestos nerviosos.

Le habló de su abuela y él se enterneció.

Bonifaz Vogel y Mathias Popa

—SIÉNTESE —LE DIJO Isaac Dresner a Adele Varga —. No tengo buenas noticias. ¿Desea beber algo? ¿No? Mire, puede que sea un golpe para usted, pero la persona que busca está muerta. Lo siento mucho, no se imagina cuánto. Tenía una cosa en la cabeza que no se podía operar. En el fondo, todos tenemos cosas en la cabeza, cosas que son siempre un insulto para la cirugía. Pero lo más importante, para usted, es otra historia.

Isaac cojeó lentamente hasta la estantería que estaba junto a la ventana. Si una nube —que es sinónimo de levedad— puede pesar más de cuatrocientos kilos, ¿por qué razón una cabeza —que sabemos que tiende a la gravedad— no habría de pesar más que una nube?

Adele miró el pie de Isaac Dresner.

—Reumatismo —dijo él—. Hay días, tal vez por la humedad, en que casi no puedo andar.

—¿Quiere que le ayude?

—No hace falta. Tome, lea este libro. Lo escribió Mathias Popa, se llama *La muñeca de Kokoschka*.

Adele cogió el libro y hojeó las primeras páginas.

—El libro —le informó Isaac Dresner— cuenta la historia de Mathias Popa, así como la de la familia Varga. Algo que le va a interesar.

—¿Cómo murió?

—¿Quién? ¿Popa?

—Sí.

—Como ya le he dicho, fue de alguna cosa en la cabeza, no le puedo precisar qué. Los muertos tienden a ser todos iguales, incluso en nuestra memoria. No solo bajo tierra pasa eso. Mathias Popa escribió el libro para, de alguna manera, purgar su pasado. Escribió sobre mí, también: me describió como un editor excéntrico que pretendía dar vida a cosas muertas, a hombres estupefactos, con la boca abierta a la vida. Crecí unos centímetros y me volví siniestro y húngaro. Algo que nunca he sido, ni cuando vivía en la Alemania nazi. Pero, de hecho, toda la historia de la familia Varga parece verdadera. Tan verdadera que la tengo ante mí. No llore.

—No lloro, es alergia.

—A mí también me pasa. Sobre todo cuando pienso en mi madre y en mis padres. He tenido dos a lo largo de mi vida. Para ser más exactos, uno de mis padres era también un hijo para mí. No era mi padre biológico, pero las relaciones no se construyen solo con biologías. Lo más triste fue saber que él, el señor Vogel (empecé a tratarlo así cuando yo era un niño encerrado en un sótano) murió profundamente triste. En los últimos años de su vida, me acompañaba a la compra y se quedaba mirando a una señora que aparecía por allí. Teníamos la misma rutina que ella: los viernes hacíamos la compra para toda la semana. Nunca me percaté de su obsesión. Si ella no aparecía, por el motivo que fuera, el señor Vogel se quedaba parado, mirando a todas partes, con la boca abierta. Amaba a aquella mujer, o eso parecía, no era nada fácil entender lo que pasaba dentro de su cabeza. Tsilia me sugirió que escribiera cartas de amor en su nombre. No sé si fue por mi prosa, pero la mujer no solo no contestó las cartas, sino que se murió. Por lo menos eso fue lo que me dijeron en el supermercado. Cuando el señor Vogel lo supo, se sentó en su silla de mimbre y expiró, murió, muy quieto, sin molestar a nadie. Era como un cristal en una tienda de elefantes. Hoy, no puedo mirar la silla sin tener un ataque de esa alergia que usted siente. La he limpiado muy bien, pero ya sabe cómo son los ácaros y los pólenes.

Isaac Dresner cogió un pañuelo y secó los ojos de Adele. Después, se secó los suyos con la manga.

—Un mes después de que el señor Vogel expirara por su boca abierta —continuó Isaac—, se presentó aquí en casa un señor, hijo de la condesa que no había contestado las cartas que le envié. Traía dos sobres dirigidos a nosotros. Dijo que su madre no había tenido tiempo de enviarlos, la muerte es un gran enemigo de la correspondencia amorosa. Una de las cartas era para el señor Vogel, la otra para mí. No recuerdo haber leído nada con tanta tristeza.

Isaac Dresner volvió a secarse los ojos mientras se despedía de Adele Varga.

Epístolas de la condesa

Señor Bonifaz Vogel:

HE LEÍDO SUS PALABRAS con mucha atención. Me han servido como peldaños, de esos muy fáciles, que subimos como si bajásemos. No soy joven, pero aún puedo subir escaleras al cielo. En las demás ocasiones, tomo el ascensor. Nuestra vejez atrae el tiempo, que pasa por nosotros con más intensidad, abriendo arrugas al deslizarse por nuestro cuerpo. Las arrugas son las heridas del tiempo, tan profundas a veces que llegamos a morir de vejez. Por eso, he leído su carta con mucha alegría, señor Vogel. La llevo siempre en la cartera junto a la foto de mi hijo. Me encanta subir este tipo de escaleras, leer palabras como estas. La próxima vez que me vea en el supermercado, no deje de hablarme, no sea tímido. A esta edad, cerca de nuestro fin del mundo, hay que salir del interior de nuestros cuerpos usados, con el alma completamente desnuda. También me he fijado en usted, con su aire asustado, como si viera el mundo por primera vez, con un sombrero de fieltro en la cabeza. Me siento más viva, cuando sé que se fija en mí, y creo que usted, señor Vogel, sentirá lo mismo al leer estas palabras. Son los otros los que nos hacen vivir, especialmente los que nos aman. Yo, desde hace unos años, estaba perdiendo la nitidez. Sus palabras me han devuelto algunos contornos.

Hablaremos en breve, señor Vogel.

Suya,

Malgorzata Zajac

Apreciado Isaac Dresner:

No soy una persona perspicaz, pero me di cuenta claramente de que es usted el autor de la carta que recibí –firmada por Bonifaz Vogel. La gente habla demasiado en los supermercados. Sé quién es usted y sé lo que hace. Tengo un sentimiento ambivalente respecto a su actitud. Ha sabido expresar lo que el señor Vogel no habría sabido decir, aunque a costa de una artimaña. Quiero decirle una cosa: aunque usted parezca el maestro de una marioneta, la verdad es otra. Ha sido Bonifaz Vogel quien le ha hecho hablar. Sepa que el alma sigue al cuerpo, le obedece, y no al contrario. El alma es un perro, siempre fiel a la materia más bruta, más huesuda. Los perros, como nuestra alma, persiguen huesos. Fíjese en lo que dice la ciencia sobre esto, sobre nuestras decisiones. Los experimentos hechos en este campo nos dicen que cuando una persona decide levantarse, empieza a mover los músculos –una anticipación imperceptible–, antes de haber tomado, en el cerebro, la correspondiente decisión. Nuestra alma no es un conductor de carruajes, es, eso sí, conducida por los caballos y se limita a comentar como la piedra que lanzó Espinoza: voy a caer al suelo, dice la piedra. Todas las piedras que lanzamos creen que han escogido el sitio donde caerán y, en su trayecto, que es una vida entera, van apuntando su recorrido como si lo hubieran decidido. Temo que, en esta historia de amor, usted sea la marioneta más evidente. Recuerde que nosotros, almas, vamos tras el cuerpo sujetos por una correa. A pesar de todo, le agradezco las palabras que me ha escrito, palabras que, como le he dicho, pertenecían a Bonifaz Vogel. Su papel ha sido extraer, del cuerpo de su padre (es su padre, ¿verdad?), una carta que él ya había escrito dentro de sí. Pero la pluma de Bonifaz Vogel no es de tinta, es de sangre.

Con mis mejores deseos,
Malgorzata Zajac

Ligeramente expulsada de la jaula

EL MUNDO ES MUCHO MÁS compacto cuando no sabemos lo que pasa a nuestro alrededor. Es algo portátil que llevamos con nosotros adondequiera que vayamos. Por otro lado, cuando se revela más allá de las esquinas, cuando hay un paisaje, se convierte en un lugar difícil de soportar. Demasiado grande para la jaula donde vivíamos. Así son los descubrimientos, tremendos. Adele Varga, al salir de casa de Isaac y Tsilia con un libro en las manos, era un pájaro ligeramente expulsado de la jaula. Caminó un poco con los brazos abiertos (como un pájaro que acababa de ser expulsado de su paraíso de barrotes), intentando no pensar en nada. Subió las escaleras de su apartamento con un cansancio extremo, apoyada en la barandilla.

La noche llegó al final de su día agotador. Se sentó en el sofá, encendió la tele y volvió a apagarla, para acabar durmiéndose. Despertó en mitad de la noche con dolor de cuello e irritada consigo misma por haberse quedado dormida en el sofá. Bebió un vaso de jugo y se echó en la cama. Al día siguiente se levantó temprano y cogió el metro a casa de su abuela.

La horizontalidad: la cama es, por excelencia, nuestra última puerta

LA HORIZONTALIDAD ES UNO de los mayores síntomas de la muerte, el lugar donde todo se mezcla. La verticalidad muestra exactamente lo contrario. Por eso nos impresiona una flor al nacer, cuando despunta, y nos desilusionan las calabazas, los melones, las cobras y los lagartos, que se arrastran por el suelo, amodorrados, en vez de crecer a lo alto, como los espíritus más osados. Un árbol tumbado está muerto, no duerme, y los animales, cuando duermen, experimentan el sabor del fin. La horizontalidad es el triunfo de la muerte, y el universo, aunque redondo, es horizontal. La Tierra es más o menos esférica, pero lo que se ve, cuando se mira, es el horizonte. Tal vez por eso, el sexo está tan próximo a la muerte, por ser tan horizontal en su manera de estar. San Agustín, al vincular la muerte al sexo, al pecado original, vislumbraba la muerte transmitida por el ADN, mezclada en la cama que es donde se duerme y donde se muere con mayor frecuencia. Porque en nuestro ADN hay una orden para morirnos. Y eso se transmite, preferentemente, en posición horizontal.

Anasztázia estaba en esa posición paradójicamente confortable, la más cómoda, la de la muerte: estaba en posición horizontal, en la cama que es, por excelencia, nuestra última puerta.

Adele entró a la habitación de su abuela, se quitó la chaqueta y la dejó en el respaldo de la silla. Anasztázia

Varga miró a la nieta, con los ojos heridos por la vejez y le mandó sentarse.

Adele obedeció y le cogió la mano.

—Si tengo suerte, Adele, moriré con el cuerpo y con el alma al mismo tiempo. Uno de los hermanos de mi madre se fue de este mundo completamente desfasado. El cuerpo se quedó en la cama, vacío, abandonado. Lo mismo le pasó al cardenal que vivía en el primer piso. Parecía una rama seca.

Anasztázia era una bella durmiente, que, en vez de esperar un beso que fuera un despertador, un beso matinal para despertar, esperaba el beso definitivo. Esperaba a Azrael, el príncipe más arrebatador, el del beso letal, un comprimido para dormir eternamente eficaz.

Cansa mucho tener un pasado tan grande. Cuanto más envejecemos, más se mezcla el mal con el bien. Un instante de felicidad, cuando se acaba, se transforma en un drama; y una tragedia, cuando acaba, se transforma en felicidad. Todo mezclado. Es muy difícil separar las cosas con claridad. Al contrario de lo que se dice, la vejez no trae ninguna claridad. Las gafas que usamos para los ojos no tienen un equivalente para el alma. Las memorias se quedan desenfocadas, el bien y el mal se mezclan. Los años son una batidora eléctrica para la moral. Como pasa con la guerra, todo mezclado. Anasztázia soñaba con Eduwa, con sus lágrimas, con su sonrisa completamente franca, con su timidez, con su bondad; soñaba con momentos inolvidables, de inmensa felicidad, fabulosos, y sufría porque él sufrió. Soñaba con Mathias Popa y con el modo como el amor transformó su vida, como se entristeció para el resto de su vida, como vivió un éxtasis comparable solo al momento en el que cogió a su hijo recién nacido, como ese hijo la decepcionó cotidianamente y como lo amó cotidianamente. El bien y el mal mezclados. Como en la puesta de sol de Adele Varga, que lleva la amenaza de la malaria. En ese momento del día, todo se mezcla, las sombras y la luz.

Adele apagó la lámpara cuando su abuela se quedó dormida (en una posición tan mortal como es la horizontal). Fue a la sala, abrió el bolso y sacó el libro *La muñeca de Kokoschka*. Lo abrió por la primera página y leyó en silencio:

Capítulo 1

Anasztázia Varga, abuela de Adele, era hija de un húngaro excéntrico y millonario (o viceversa), que era padre de más de cincuenta hijos, solo ocho legítimos, llamado Zsigmond Varga.

Apenas acabó de leer el libro *La muñeca de Kokoschka*, Adele Varga se presentó en casa de Isaac Dresner. Tsilia abrió la puerta.

—Mi marido está a punto de llegar —dijo—. Me da mucha pena que su abuelo haya muerto. La vida tiende a acabar, especialmente con el paso de los años. Si hay algo que no resiste al tiempo, es la vida. Lo conocí y lo recuerdo como un hombre amargo, pero bondadoso. Algo poco común si pensamos en su pasado y en todo lo que vivió. Cuando lo vi por primera vez, tuve la sensación de que lo conocía. Algo inexplicable. A los que sobrevivimos a cuatro mil toneladas de bombas, nos ha quedado la memoria devastada.

—Hoy estoy algo mejor del pie —dijo Isaac al entrar a la sala.

Adele sonrió y dijo:

—Es muy curioso que él, Mathias Popa, haya escrito este libro antes de que yo naciera y haya imaginado una nieta. Y mucho más impresionante que esa nieta tenga el mismo nombre que yo. ¿Cómo es posible?

—Esto que tengo aquí encima de la mesa, niña Varga, es una baraja de cartas. Si la barajo y se la paso, no esperará ver el as de picas seguido del dos de picas, del tres de picas, del cuatro de picas, del cinco de picas, del seis de picas, del siete de picas, del ocho de picas, del nueve de picas, del diez de picas, de la J de picas, de la Q de picas, de la K de picas. Seguidos del as de corazones, del dos de corazones...

—Sí, ya lo he entendido. No está barajada.

—Lo está. Esa era la condición inicial. Le he dicho que si le diera una baraja debidamente barajada, no esperaría encontrarla así. Sin embargo, las posibilidades de que aparezca de esa manera son las mismas que las de aparecer de otra manera cualquiera. Las otras, pensamos que están barajadas, pero esa configuración, pensamos que no. Eso se debe al hecho de que creemos que hay solo unas pocas maneras de organizar una baraja. Tampoco se consideraría barajada, por ejemplo, si aparecieran los ases todos juntos, seguidos de los doses, de los treses, de los cuatros, de los cincos, de los seises, de los sietes, de los ochos, de los nueves, de los dieces, de las jotas, etcétera. Algunas distribuciones significan algo para nosotros. Por eso nos parece que no pueden ser obra del azar. Nos parece que hay trampa. Cuando las cartas aparecen sin una disposición identificable, decimos que está barajada. Ha intervenido el azar. Pero eso sucede porque esa secuencia en concreto, la que decimos que está bien barajada, no significa nada para nosotros. Aunque el hecho de que no signifique nada para nosotros no quiere decir que no esté organizada, según patrones que desconocemos, como la primera secuencia a la que nos hemos referido, la del as de picas, seguida del dos de picas, del tres de picas, del cuatro de picas, del cinco de picas, del...

—Del seis, etcétera. ¿Pero eso qué significa?

—A veces la baraja tiene una secuencia identificable, que podemos comprender. Decimos que es significativa, que es una coincidencia, pero es solo algo que nuestra mente explica estableciendo relaciones. Las demás son igualmente significativas, pero demasiado complicadas para cabezas como las nuestras. Que la chica se llame Adele Varga en el libro *La muñeca de Kokoschka* puede ser justo eso: una baraja que aparece en una secuencia identificable. Eso pasa, niña Varga. O, si no, ha sido su abuela que convenció a su padre para que le pusiera ese nombre tan bonito. El nombre que Popa había escrito en el libro. Si ese fuera el caso, olvide las barajas de cartas. Solo complican las cosas.

Oracular: nuestras vidas imitan al arte

—ENVIÉ EL LIBRO A SU ABUELA, con una tarjeta personal. Creo que a ella, el hecho de que Mathias Popa fuera su sobrino, no le importaba. O no le parecía importante. El incesto ya no es lo que era. Tenía esas memorias y no quería mancharlas con cosas tan mundanas. Debió de leer el nombre que Popa le había dado a una hipotética nieta y, supongo, le pareció que el nombre elegido para la novela quedaría bien en la vida real. Luego solo tuvo que esperar la coincidencia de que, ante la muerte, usted buscara el amor. Ya sabe que, como dijo Wilde, imitamos al arte. No al contrario. Un libro está hecho de arquetipos y nosotros, los humanos, nos limitamos a hacer que se cumplan. Es lo que usted hizo: correspondió a la literatura e hizo su trabajo. Buscó en las memorias de su abuela y llegó hasta aquí. Leyó sobre la familia de su bisabuelo (que es la suya) y lo único que le podrá llevar a una abuela moribunda es esta historia que, sospecho, ella ya conoce. O usted no tendría el nombre que tiene. En todo caso, quizá ella no sepa que Popa ha muerto. Pero si usted se lo dice, creo que su abuela no le creerá. ¿Sabe?, su abuelo no es el Mathias Popa que yo conocí. O mejor dicho, es y no es. Estoy seguro de que el Mathias Popa que forma parte de las memorias de su abuela es muy diferente al Mathias Popa que yo conocí. Tendríamos que juntar los dos para entenderlo mejor. Juntar capas sobre capas como hace mi mujer cuando pinta. El

Mathias Popa de su abuela es una invención de su abuela, un Popa perfeccionado, mítico, seguramente más alto. Ese Popa no muere, o mejor dicho, muere con su abuela. Un ángulo, que es de lo que está hecho el mundo: de ángulos superpuestos.

Isaac cruzó las piernas con cierto esfuerzo.

—Es curioso —dijo Adele— que, en el libro, yo acabe enamorándome de un músico.

—No hay nada más profético que la literatura.

—Al sonido de una música llamada *Tears*.

—Oracular.

El asunto del mirlo

ISAAC FUE A BUSCAR una botella de whisky y bebieron por los muertos. Después se quedaron dormidos en el sofá.

De repente, Isaac Dresner se despertó y se agarró al vestido de Adele.

—El mirlo.

—¿Qué es eso del mirlo?

—Necesito un whisky. De pequeño, yo era solo una voz, una cosa sin cuerpo bajo tierra. Me olvidé de la claridad y del mundo hasta que salí de aquella caverna y vi la luz del día, la misma de la que habla Platón. Estaba en medio de una tienda de pájaros. De canarios que eran jilgueros pintados de amarillo, descoloridos; de isabelitas moteadas, de papagayos, de periquitos. Afuera estaban los restos del mundo, lo que sobra de la guerra, y sobre lo que quedaba del mundo había un mirlo. Le cogí la mano al señor Vogel y, mientras miraba el mirlo, un soldado se acercó a hablar conmigo. Ya no era un hombre, aquel soldado, era un despojo más del mundo, como un resto de comida. En sus ojos se veía bien que dentro, dentro de él, había un vacío abierto con bombas. ¿Sabe, niña Varga? Un hombre cuando vive hace eso: conoce todas las habitaciones de su casa. Todas. Va abriendo puerta tras puerta hasta que solo queda una. Y piensa que ya solo falta esa habitación. Por eso hay científicos que dicen que basta explicar no sé qué para saberlo todo. Es su habitación. Todos conocemos la casa donde vivimos, puerta tras puerta. ¿Quiere otro whisky? Le estaba diciendo que falta solo una puerta. Un día, armados de valor, decidimos abrirla. Solo queda una habitación. Entonces nos encontramos con algo insólito: la puerta no da a ninguna habitación, la puerta da a la calle. ¿Se da cuenta? ¡A la calle! Una calle llena de casas llenas, a su vez, de habitaciones. Yo, el otro día, abrí esa puerta y me quedé parado allí durante unos minutos. Fue como cuando abrí la trampilla y subí a la tienda de pájaros y después a la calle. Aquello era un mundo nuevo. ¿Cómo es que no lo había visto antes? Un mundo entero con árboles y todo, un lugar donde se vuela fuera de jaulas. Mis piernas empezaron a temblar e incluso vomité. Cerré la puerta con fuerza, pero había entrado un mirlo. El mismo mirlo que había visto de pequeño. Este que usted no ve.

—No lo veo.

—Está justo aquí— se señalaba el hombro izquierdo—. Esto es aquel mundo. Si un día entiendo a este pájaro, entenderé aquel paisaje. Es la mayor habitación que un hombre pueda desear, con campos verdes y árboles. Cuando era niño aquello era un mundo devastado, pero el otro día, cuando abrí la puerta, era un sitio bonito como esos grabados de las revistas de los testigos de Jehová. La única puerta que nos falta abrir en nuestro piso es la de la calle. Recuérdelo, Adele, recuérdelo. Ahora le contaré cuáles fueron las últimas palabras de su abuelo. Mejor dicho, no fueron exactamente las últimas, pero estuvieron muy cerca.

Últimas palabras de Mathias Popa.
O mejor dicho, no fueron exactamente las
últimas, pero estuvieron muy cerca:

—ESPERO QUE LE GUSTE EL LIBRO —dijo Mathias Popa—. En este instante estoy caminando hacia mi muerte. Es lo que hacemos todos, pero yo ya veo la curva del camino, muy bien señalizada por varios médicos. Una cosa en la cabeza, es lo que dicen. La siento pesada, pero se debe a ciertos recuerdos que me atormentan. Nuestra cabeza es un mundo de fantasmas, y no hay neurocirujano que pueda operar supersticiones. Deberían sustituir la mesa de operaciones por una mesa de güija. ¿Sabe cómo me enteré de que iba a ser padre? Unos meses después de haber dejado a Anasztázia, la busqué. Había ido a tocar a París y decidí que tenía que hablar con ella. Una botella de whisky me ayudó a tener valor. Cuando llamé a su puerta (ella no estaba), apareció una criada, de esas que hablan mucho, que me contó su historia: se había enamorado de un hombre sin escrúpulos que la había dejado embarazada. No supe qué hacer, por eso no hice nada. Volví a París al año siguiente para sentarme delante de la guardería de mi hijo y verlo jugar. Tocaba el violín junto a la verja y la gente me daba unas monedas. Tocaba para él, tocaba todo lo que sabía. Era mi manera de educarlo. No lo hubiera podido abrazar, porque soy un salvaje. Soy un Midas al contrario, una mitología del revés. Por eso tocaba todas las músicas que construyen mi mundo. Tocaba para él y me estremecía cuando veía que me miraba, a mí, el borracho violinista.

Cuando fue a la escuela, allí estaba yo, tocando música en la calle. Tocaba toda mi alma y él la oía. Pero no lo abracé nunca, nunca lo toqué. Era como un fantasma, de esos que no se pueden operar y que acaban con nosotros. Todavía estoy a tiempo de abrazarlo, me dirá, pero tengo miedo. Tengo miedo de esperarlo a la salida del despacho (es abogado, ¡abandonar un hijo para esto!) y que me ignore. Me aterran muchas cosas, me da miedo comprender que solo soy un sujeto invisible, inmaterial, un fantasma igual a los que me habitan. Ya ni siquiera toco para él. Me da miedo sentarme con mi violín, o mi saxofón, verlo pasar junto a mí sin darme una moneda. En este instante estoy caminando hacia mi tumba y ya no me quedan melodías para tocar. He llegado al final, sin nadie que me escuche. El libro que le entrego es un último suspiro. Espero que le guste. Hasta siempre, señor Dresner. Nos encontramos en el infinito como hacen las rectas paralelas.

Todo al óleo o al acrílico

—¿QUIERE OTRO WHISKY, niña Varga?
—No. Tengo que irme.
Tsilia pintaba, parecía muy concentrada.
Adele Varga cogió su chaqueta y salió. Isaac Dresner se quedó mirándola. Aunque tenía un paso decidido, era una de esas personas que parecen siempre desgraciadas, incluso cuando ríen.
—¿Por qué le has contado esa historia? —preguntó Tsilia.
—No lo sé —respondió Isaac—. He improvisado esa historia porque me ha parecido que le gustaría escucharla. He intentado mitificarlo, a Popa, como él hizo conmigo, usando frases que podría haber dicho. No me gusta pensar en un Mathias Popa que vivía en El Cairo cuando nació su hijo, en un Mathias Popa que despreció al hijo cuando supo, en París, que iba a ser padre. Creo que ese Popa que se sentaba en la guardería tocando para el hijo que no podía abrazar, también era Mathias Popa. Incluso más real. No era indiferente a los afectos, la prueba está en que conocía detalladamente la historia de su familia, de su madre, de su abuelo, de Anasztázia... Parecía inmune a cualquier tipo de afecto, pero creo que era solo una cuestión de puertas y habitaciones. No abrió nunca la puerta de la calle. Decía muchas cosas con frases monumentales, pero vivía encogido en un rincón. Tú lo puedes comprender mejor que nadie.

Tienes la visión del Eterno, ves el mundo lleno de capas de pintura, de ángulos superpuestos.

Tsilia dejó de pintar con aire hastiado.

—Voy a dormir —dijo.

—La visión del mundo no es solo lo que vemos —dijo Isaac persiguiéndola hasta la habitación—, es también lo que imaginamos. El tiempo no es una flecha del pasado al futuro, el tiempo tiene muchas dimensiones, como el espacio. Va hacia delante, hacia atrás, pero también hacia los lados, de izquierda a derecha y de derecha a izquierda, y en vertical, de arriba abajo y de abajo arriba. El Mathias Popa que le he descrito a Adele existe en un tiempo vertical, ligeramente al lado, quizá a la izquierda, a pesar de no existir en nuestra flecha pasado/futuro. Hasta que no veamos el tiempo en todas sus dimensiones, no veremos nada. Ni con todos los ángulos de tu pintura, Tsilia, ni con todos esos ángulos.

—Mis ángulos son todos los ángulos. Un cuadro de los míos tiene todas las perspectivas. También incluye las fantasías. E incluso lo inimaginable. Es de lo inimaginable de lo que se hace el arte. Son las perspectivas más densas, las primeras, las que sirven de base a las otras, las visibles. Podría explicarte el mundo, pero es tan difícil. Por eso pinto, es la única manera que tengo de mostrar todas las vetas de la realidad y todas las vetas de la ficción (que es mucho más extensa que la realidad, infinitamente más extensa). Todo al óleo o al acrílico. Soy una judía con llagas, soy una serie de ángulos superpuestos, de realidades unas encima de las otras, religiones mezcladas, tan mezcladas que me hacen sangrar. Soy un ser humano subyugado por innumerables perspectivas, avasalladoras. Apaga la luz al salir.

Miro Korda en París (otra vez)

Nietzsche dijo que sin música, la vida sería un error. Y Cioran dijo que sin Bach, Dios sería una figura completamente secundaria.

BUSCÓ LA MISMA PENSIÓN donde se alojaba siempre, pero no había sitio. Decidió dormir en la estación del ferrocarril para ahorrar dinero, pero cerca de la medianoche lo echaron, ya que la estación permanecía cerrada a partir de una hora determinada.

Notó que el frío era demasiado vasto. Caminó unas cuantas cuadras y se tumbó en la cavidad del escaparate de una tienda de prêt-à-porter. Lo despertó la policía y caminó unas cuantas cuadras más. Se acurrucó junto a un portón, más que nada por cansancio, pero lo despertó un camión que quería salir, pocos minutos después de haberse quedado dormido.

Se levantó medio perdido y caminó unas cuadras más. Las luces y el frío se mezclaban y empezó a pensar en buscar un hotel más caro. Seguro que habría sitio. Acabó encontrando una boca de metro de donde salía un calor sincero y se sentó junto a dos mendigos (eran inmensos) que se habían acostado allí. Se sintió como si estuviera en un balneario muy lejos de Cancún. Pero sus condiciones eran más duras que las de los otros turistas: era el único desprovisto de periódicos y cartones. Si no soy un vagabundo es porque no tengo el carné, pensó Korda. Permaneció sentado unos segundos, calentándose, y se quedó dormido así, mal sentado con un hilo de baba que le unía la cabeza al pecho. Cuando despertó de madrugada, se dirigió al bar donde tocaría por la noche. Por cortesía le ofrecieron una habitación que tenían libre en el segundo piso.

Korda dio las gracias y subió las escaleras. Se dirigió al cuarto de baño y vio en el espejo a un Miro Korda diferente, más viejo. Se peinó las cejas con los pulgares, en un gesto simétrico. Durante tres días tocó lo mejor que sabía, acompañado por un pianista y un contrabajista. El pianista era un virtuoso, italiano y gordo, muy grande, casi gigante, que siempre se estaba limpiando el sudor de la frente y de la cara con un pañuelo blanco. Fumaba sin parar y Korda congenió con él nada más conocerlo. El contrabajista era una especie de mendigo con gafas de pasta, que, en los intervalos de las actuaciones, bebía agua con gas y no hablaba con nadie.

—Escucha esto, Korda —dijo el pianista con un libro en la mano—, lo escribió Pieter H. Grunvald: «El piano no es solo un instrumento teológico. Para quien sabe, es posible hacer de él un instrumento musical. Pero es la primera faceta, la de la teología, la que más me interesa. Sobre este asunto ni me voy a alargar en las teclas blancas y negras, esos ébanos y marfiles maniqueos, yin y yang musicales, ni en el hecho de que el piano, o tiene cola como el Diablo, o es vertical como el hombre (que no es más que un demonio sin cola). Desmond Morris decía que el hombre es un mono sin pelos mientras que el divino Platón decía que el hombre es un bípedo sin plumas. Pero la definición biológica/teológica más precisa del hombre es la de Lucifer sin cola.

»Pirandello dice que el alma es un pianista con talento y el cerebro es un piano. Por eso, dice inspirado por la Blavatsky, un hombre senil o idiota conserva un alma incorrupta y perfecta. Un hombre senil es un pianista que toca un piano desafinado o estropeado. Por eso, del hombre, salen ruidos grotescos en vez de bellas armonías. Pirandello afirma que es el declive, o deficiencia del cuerpo, el responsable de la manifiesta falta de facultades del alma. Mi duda tiene que ver con el pianista. ¿Acaso todo pianista (el alma) tiene talento?».

—No puedo estar más en desacuerdo —dijo Korda—. En mi opinión, esas separaciones de cuerpo y alma son buenas para vender libros de autoayuda. Para mí,

el piano y el pianista son la misma música.

No se diferencian, no son objetos cartesianos. ¿Con qué música empezamos la actuación?

El final

ADELE SE SENTÓ EN LA BARRA y pidió un manhattan. Se metió la cereza en la boca y Korda no pudo dejar de darse cuenta: allí había un acorde de novena, seguido de una séptima mayor. Se levantó, dejando al pianista con sus cigarrillos, se pasó los pulgares por las cejas, y se sentó en la barra, junto a Adele. No dijo nada porque le faltaban las palabras. Ella ni se dio cuenta de que había un hombre a su lado y continuó bebiendo el coctel mientras pensaba en su abuela.

Korda le preguntó la hora y le dijo:

—Creo que te conozco de algún sitio. Tengo esa sensación.

—Claro —contestó ella, harta de oír eso. Pero cuando lo miró, sintió lo mismo.

—Voy a tocar ahora —le informó Korda, señalando el escenario con el pulgar.

—¿Eres músico?

—Sí. ¿Quieres que toque algo especial?

—¿Podrías tocar una música llamada *Tears*?

—¿De Django? Claro. ¿Te gusta esa música?

—Para ser sincera, no la conozco. Pero siento que debo forzar el destino.